KB059834

웹소설을 가르치고 있습니다

웹소설을 말할 때 알아야 할 것들

이융희 지음

웹소설을 가르치고 있습니다

요다

인기 없는 작가가
웹소설 강사가 되기까지

다양한 특강 자리에서는 저를 문화연구자이자 작가라고 소개합니다. 작가로 데뷔한 지 17년이 흘렀습니다. 2006년 네 권짜리 소설 『마왕성 앞 무기점』으로 데뷔한 후, 『세컨드 월드』, 『만렙 헌터는 포토그래퍼』 등 일곱 종의 소설을 썼고, 이 원고를 쓰는 중에도 여덟 번째 소설의 심사를 준비하고 있지요. 글을 쓰는 데 오랜 시간이 걸리긴 했지만, 쉼 없이 작품을 연재했습니다.

작가 지망생으로 제법 긴 시간을 보냈습니다. 소설이 좋아 1998년부터 글을 쓰기 시작했습니다. PC통신 끝물에 '천리안'을 뒤적이며 글을 썼고, 웹 브라우저로 넘어와 '조아라'나 '문피아'의 초창기 공간에서도 글을 열심히 썼지요. '모기판타지', '삼룡넷', '판타지월드', '라니안' 등 수많은 공간을 오가는 게 유일

5

한 취미였습니다.

제 꿈은 어려서부터 작가였습니다. 할 줄 아는 거라곤 그것밖에 없었지요. 다른 전공은 생각해본 적도 없었습니다. 스무 살, 이영도 작가의 후배가 되겠다고 경남대학교 인문학부에 들어간 것도 그 까닭이었습니다.

그러나 대학 생활은 순탄치 않았습니다. 1학년 초, 문을 막고서 있던 선배한테 "잠깐 비켜줄래?"라고 말한 뒤 개념 없이 반말이나 하는 학생이 되었고, 당시 유행하던 〈철권〉에 빠져 팀에들어가 전국을 돌아다니며 게임에 열중했죠. 그 모든 것이 뒤섞인 2006년, 오랫동안 준비한 소설을 여덟 군데에 투고했음에도불구하고 데뷔할 수 없었습니다. 그런데 쉬자는 마음으로 썼던다른 소설의 계약이 이루어져 첫 작품을 출간하게 되었습니다. 모든 것을 동시에 할 수 없다 보니 많은 일상이 뒤로 밀렸고, 공부가 가장 뒷전이었죠.

결국 0.28이라는 학점으로 학사경고를 받은 후 휴학했습니다. 2007년 한 작품을 더 쓰고 군대에 갔고, 전역할 무렵 수시 입학을 준비했습니다. 휴가 때 책을 출간했던 출판사 사장에게 찾아가 문예창작학과 수시 지원을 위한 추천서를 받고 복귀했죠.

그런데 이때 결정적인 실수를 했습니다. 첫 번째는 수시 지원만 하고 수능에 응시하지 않았습니다. 당시 지원했던 대학은 수시 합격 성적과 관계없이 수능에 응시해야만 입학할 수 있었습니다. 두 번째는 휴가를 몰아서 썼습니다. 중위의 행정 업무와 PPT 작성을 도우며 포상 휴가를 조금씩 얻어둔 상태였습니다. 그런데 2009년 신종플루가 퍼졌지요. 연가를 다 쓴 상태였고, 포상 휴가를 쓰려고 했던 계획은 무산되었습니다. 연가는 인정하나 포상 휴가는 인정하지 않는다는 규정이 내려왔기 때문이죠. 결국 말년 휴가도 나가지 못한 채 1년을 보냈습니다.

전역 직후 재수를 위해 공부를 시작했습니다. 소설가를 목표로 한 이후 대학 진학에는 미련이 없어 공부를 등한시했더니 기초가 부족했습니다. 수능을 본 지 오래되어 내신점수가 말소된 탓에 수능 공부 말곤 대안이 없었지요. 마침내 수능을 친 후 지망 대학과 학과를 선택할 때가 되었습니다.

그런데 시간이 지나 새롭게 선택할 시기가 되어도 국어국문학과 말고는 엄두가 나지 않더군요. 글쓰기만 생각하며 달려온 탓에 다른 삶, 다른 지식을 생각할 여유가 없었습니다. 저는 그렇게 국어국문학과를 자퇴하고 국어국문학과에 입학했습니다.

물론 대학 공부를 해야만 한다거나 학위가 있어야만 한다는 생각으로 국어국문학과를, 대학을 선택한 것은 아니었습니다. '전역 전 100권 읽기'를 목표로 수많은 장르문학 도서를 읽으며 장르문학에 대해 제대로 공부하고 싶다는 생각을 했거든요. 대학에 진학할 때부터 대학원에 가야겠다는 생각은 막연하게나마 있었습니다. 그렇게 수많은 동아리 활동과 현장 학습을 반복하며 장르를 공부하겠단 결심은 굳어졌습니다.

2013~2014년에는 인생에서 중요한 변곡점이 두 개 있었습니다. 2013년엔 '네이버웹소설'이 공모전을 통해 세상에 알려졌지요. 그 전에도 판타지 소설을 읽고 있었지만, 대학 생활에 열중한 탓에 인터넷 연재물을 찾아보거나 인터넷 연재에 도전할 생각은 하지 못했습니다. 이 기회에 좋은 결과를 얻었으면 좋겠다고 생각했지요.

그런데 이 시기엔 웹소설의 정의도 제대로 내려지지 않았던 탓에 사기꾼이 난무했습니다. 전자책을 만들어줄 테니까 돈을 내놓으란 사람부터, 이 업계에 아는 사람이 많아 공모전 자문을 맡았으니 지원하면 선정해주겠다는 유혹까지…. 저도 잘 아는 작가이자 에이전시 대표였던 사람이 비슷한 내용으로 접근했고, 원고를 집필해 계약까지 했지만, 선정은커녕 작품을 난도질했습니다. 이후 배급권은 환수해 왔지만, 그때부터 독기가 생겼습니다. 내 작품을 지키기 위해선 이 시장에 대해 좀 더 공부하고 다양한 작품을 열심히 읽어야겠구나, 하고요.

2014년 웹소설 작가 데뷔를 준비하던 중, 지금 지도교수님의 대중문화 비평 수업을 들었습니다. 이때부터 장르문학이나 웹소설을 비평할 수도 있겠다고 생각했습니다. 대학원 진학을 확정하고, 지도교수님 연구실에 들어가기로 한 것도 이때입니다.

대학원에 입학한 것은 2015년입니다. 이화여대에서 웹소설에 대한 논문이 나오기 시작할 무렵이었습니다. 웹소설 관련 강의를 찾아 듣고, 대학에서 어떤 식으로 강의할 수 있을까 생각하며 커리큘럼을 짜보기도 하고, 석사 논문 주제에 대해 고민해보기도 했지요. 그러던 중 대학원 선배가 '인문학협동조합'을 소개해주어 '텍스트릿textreet'이라는 소규모 그룹도 창단할 수 있었습니다. 그곳에서 지금의 저를 있게 해준 많은 분을 만났습니다. 오영진, 임태훈, 강부원, 이경혁 등 매체와 기술을 넘나들며 비평의 영역을 개척하는 분부터 이지용, 김준현, 김효진, 손진원, 서원득, 김지석 등 장르를 연구하는 동료도 만났지요.

'부족하지만 장르를 연구하겠다'고 소셜미디어에서 떠든 덕에 수많은 분이 강연 기회를 주었습니다. '안전가옥'에서 특강을 하기도 했고, 서울과기대, 한신대, 서울사이버대, 협성대, 청강대, 성균관대 등에서 다양한 강의를 하며 2018년부터 강사 생활을 이어갔습니다. 대학교에 잠시 적을 두기도 하였으나, 지금은 현장에 나와 PD로 일하며 작가와 연구자 생활을 지속하고 있습니다.

이 책은 이러한 제 삶의 궤적에서 계속 맞닥뜨릴 수밖에 없었던 질문에 대한 답변입니다. 오랫동안 작가로서 헤맸지만, 대표작이라고 내세울 만한 작품은 많지 않습니다. 장르문학이 좋아서 관심을 가져왔고, 지금까지 공부해온 자료를 바탕으로 이제 막 공부의 결과물을 내놓기 시작한 신진 연구자에 불과합니다. 그렇기에 거창한 이야기를 학술적으로 풀어내기보단 제가 해온 고민의 결과를 공유하고자 합니다.

최근 대학에선 수많은 웹소설 관련 학과가 생겨나고 있습니다. 개설된 과목 수는 학과 수보다 훨씬 많겠지요. 이런 학과를 볼 때면 대학의 정치적 논리나 커리큘럼 설계보다 학생들을 먼저 생각하게 됩니다. 지방대학 지원율 감소와 입시생 급락, 학문 유용성에 대한 고민, 교육부 지침에 따른 취업률 등을 고려해 실용적이면서도 유행하는 콘텐츠 중심 학과를 만든 결과가 웹툰·게임·웹소설·유튜브 관련 학과입니다. 그러나 교육적 고민 없이 만드는 것에만 급급한 결과물로는 제대로 된 교육이 이뤄질 리 없습니다. 그런 상황에서 피해를 입는 건 학생일 수밖에 없습니다. 그렇기에 이 책은 웹소설 시장보다는 교육에 초점이 맞춰져 있습니다.

웹소설을 잘 모르는 분에게 웹소설을 설명하고 시장과 학문을 매개하는 글을 쓰는 것은 제 역할이라고 생각합니다. 여러분이 교육 현장에 있다면 시장의, 시장에 있다면 교육 현장의, 순수하게 웹소설을 좋아한다면 그 양쪽의 언어를 알려주고, 의미를 풀어내고자 합니다. 이 책을 통해 여러분이 웹소설이라는 낯선 세계에 한 걸음 더 다가갈 수 있기를 기원합니다.

이융희

차례

3장 웹소설 고전은 왜 읽어야 할까?

4장 웹소설 교육을 위하여

1장

무엇을 웹소설이라고 할까?

웹소설을
가르치고 있습니다

어쩌다 보니 대학 강단에서 웹소설과 관련된 크고 작은 기획에 참여했고, 다양한 대중 강연도 했습니다. 이러한 행보는 장르문학 작가이자 웹소설 작가였기에 가능했을 겁니다.

요즘 본업과 관련된 정체성은 '본캐', 부업이나 또 다른 능력과 관련된 페르소나적 정체성은 '부캐'라고 구분하더군요. 저도 본캐와 부캐를 생각해보았습니다. 본캐는 없고 부캐만 가득했습니다. 대학이라는 안정적인 직장에서 정진하고 있었다면 본캐는 대학교수이자 문화연구자였을 겁니다. 많은 수익을 거둔 작가였다면 본캐는 웹소설 작가이자 장르문학 작가였을 겁니다. 명민한 머리로 우수한 비평을 하는 등단 비평가였다면 본캐는 장르 비평가이자 평론가였겠지요.

하지만 저는 그런 존재가 아닙니다. 문화연구자이자 대학 강사이자 장르문학 작가이고 웹소설 작가인 동시에 웹소설 비평가이자 평론가로 활동하고 있습니다. 뚜렷한 본캐가 없다 보니 모든 부분에서 '서브sub'적인 존재로 살아가고 있습니다.

제가 서브컬처에 탐닉하는 것도 그러한 까닭일지 모릅니다. 과거 서브컬처는 메인스트림mainstream의 문화를 전복하기 위한 젊은이들의 문화를 총칭했습니다. 그들은 거리에서 인정 투쟁에 골몰하였고, 그들의 문화가 자신들을 증명할 수 있으리라 여겼습니다. 그리고 지금 한국은 서브컬처가 문화의 중심이 되었지요.

재미있는 건 서브컬처가 성공 가능성을 보여줬다고 해서 서브에서 벗어나 메인이 되는 것은 아니란 점입니다. 넷플릭스에서 인기였던 드라마 〈오징어 게임〉은 기존 출판시장의 만화나 게임, 또는 웹소설에서 종종 사용하는 '데스게임'이라는 장르의 스토리 법칙을 적극적으로 차용한 서브컬처 콘텐츠죠. 이 장르가 인기를 끌었다고 해서 이 콘텐츠를 메인스트림에 있는 우수한 콘텐츠, 또는 고급 콘텐츠라고 하지는 않습니다. K-드라마, 장르 드라마 등의 이름을 끝까지 유지하지요.

웹소설 시장도 비슷합니다. 웹소설 시장 규모는 이제 1조 원을 겨냥하고 있습니다만, 아직까지 웹소설의 미학적 가치나 기능을 이야기하는 사람은 드뭅니다. 학계에서도 웹소설에 대한 연구와 관심은 지속되고 있지만, 한 걸음만 나가도 연구에 대한 폄하나 몰이해, '그래도 문학인데, 예술성이 없네' 같은 모욕에 쉽게 노출됩니다.

서브컬처라는 이름이 잘못된 것일지도 모릅니다. 대중을 어리석게 여기고, 계도하고 계몽해야 할 대상으로 여겼던 근대의 산물이 문화에 메인과 서브라는 계층 구분을 만들었지요. 그렇게 문화를 구분 지은 순간부터 서브는 아무리 인기를 얻어도 '서브 주제에 잘했다'는 평가 이상을 받기 힘들게 되었는지도 모릅니다.

여기까지 생각이 미치면 다시 저에게로, 서브적 존재로 이야기가 돌아옵니다. 서브컬처에 탐닉하고 다양한 서브 직업군을 전전하는 서브적 인간, 메인 분야 없이 정글에서 밥벌이하는 존재로 말이지요. 한 걸음 물러나 보면, 저는 서브적 인간이 아닐 겁니다. 대학원에서 학위를 받고 조교수로 대학에서 강의하고 있으며, 필명으로 연재 중인 웹소설 역시 어느 정도의 수익을 벌어들이고 있으니까요.

하지만 제가 이러한 삶의 방식을 고수해 인정받는다고 해서 제 삶이 서브에서 메인으로 바뀔 것 같지는 않습니다. 현대사회에서는 메인적 인간보다 서브적 인간이 더 많아지겠죠. '아싸'와 '인싸'라는 이분법으로 사람의 성취도를 구분하는 현대사회에서 저는 더더욱 서브에 속한 사람일 겁니다. 그렇기에 기회가 될 때마다 인정 투쟁을 위해 '서브컬처'라는 말을 서브적인 의미를 담아 사용하기보다, 고유명사화하려고 노력합니다. 사람들이 서브컬처라고 부르니 서브컬처라고 부를 뿐, 과거 사용되었던 서브의 의미는 탈락된 문화 그대로를 받아들이라고 이야기합니다. '서브컬처'라는 말을 제 식대로 전유하여 의미를 바꾸고, 반의어로서 '메인스트림'을 삭제하려는 운동인 셈이지요. 그렇기에 제 소개를 할 때 서브컬처 강연을 한다고 하지 않고, 장르문화 또는 웹소설을 가르친다고 합니다.

"웹소설에서 서브컬처를 벗겨낸다면 우리는 어떤 이야기를 할 수 있을까요?"

대학에서, 웹소설을 좋아하거나 웹소설을 쓰려는 학생들이 모인 자리에서 웹소설을 강연하다 보면 강사도 수강생도 착각에 빠집니다. 모든 웹소설 독자가 서브컬처를 좋아하는 '오타쿠'일 것이라고요. 웹소설 독자가 다른 장르문화나 인터넷 콘텐츠 문화에 가까이 있기는 하지만, 그들 모두가 오타쿠는 아닙니다.

그렇기에 웹소설을 가르친다는 건 오타쿠끼리 '덕톡'을 나누는 놀이 문화가 아니라 웹소설 매체·장르·콘텐츠 영역의 미학과 구조와 기술, 마케팅과 법칙을 전달하는 과정이어야 합니다. 웹소설의 이용자를 소비자가 아닌 향유자, '덕질'과 그 대상을 위해 자발적으로 착취당하는, 소위 '폐인'으로 규정하는 것은 웹소설 이론을 보편화하는 것이 아니라 '갈라파고스의 함정'으로 내모는 것에 지나지 않습니다. 그렇기에 웹소설이 무엇인지, 웹소설 세계는 무엇이고, 웹소설을 접해본 적 없는 사람이 웹소설에 어떻게 접근해야 하는지 등을 끊임없이 고민하게 되었습니다.

　　이 책 역시 이러한 행보의 하나입니다. '여는 글'에서 이야기한 '매개'란 서브적 존재가 서브컬처를 일반 대중에게 매개하는 글이라 여기면 됩니다. 웹소설이 무엇인지, 어떤 가치가 있는지, 좋은 웹소설 작품은 무엇인지, 웹소설을 가르친다는 것의 의미는 무엇이고 어떤 내용을 가르치는지, 그 과정을 다뤄볼 셈입니다.

　　노파심에 당부를 하자면, 이 책은 웹소설 작법서가 아닙니다. 창작이나 작법에 대한 이야기를 풀어놓고, 이대로 하면 성공하는 작품을 쓸 수 있다는 뉘앙스가 풍기지 않도록 최선을 기울였습니다. 그것은 웹소설 작법을 자랑스럽게 내세울 정도의 업적이 없을뿐더러 이미 좋은 연사들이 이야기한 주제에 숟가락을 얹는 것이 웹소설 시장에 기여하는 방법이 아님을 알기 때문입니다. 그보다는 웹소설 연구자, 장르문화와 관련된 연구자이자 비평가로서 깨우친 것을 여러분에게 들려주는 것이 궁극적으로 장르문화에 이바지하는 일이라고 생각합니다.

코드, 웹소설 장르를
구성하는 작은 단위

　'서브컬처'라는 용어의 고정적 이미지가 강한 만큼 웹소설을 이야기할 때 이러한 이미지를 벗겨내지 않으면 웹소설을 정확하게 이해할 수 없을 겁니다. 그럼 이제 웹소설에서 서브컬처를 벗겨내기 위한 과정을 살펴보고자 합니다.

　앞서 웹소설을 이야기하기 위해서 웹소설 매체·장르·콘텐츠 영역에서의 미학과 구조와 기술, 마케팅과 법칙을 이야기하겠다고 말씀드렸지요. 제가 웹소설에 대한 이야기의 첫 번째 주제로 삼은 개념은 '장르Genre'입니다. 여기에는 두 가지 이유가 있는데요, 첫 번째는 매체와 콘텐츠는 서브컬처 영역보다는 상품이나 시장 영역에서 주로 이야기되어 웹소설의 개념적 접근이 어렵기 때문입니다. 두 번째는 '장르'라는 단어에는 수많은 함의가 있는 탓에 그 의미를 정확하게 짚고 넘어가지 않으면 웹소설에 관한 다양한 이야기가 길을 잃기 쉬워 가이드라인을 잡아두기 위함입니다. 다음의 예를 통해서 우리가 '장르'라는 단어에 얼마나 많은 의미를 담아 사용하고 있는지 확인해봅시다.

여러분 앞에 놓인 이 책의 내용은 독특합니다. 우주 정복을 위해 긴 당근 모양의 우주 전함을 타고 출정한 은하제국연방의 토끼 귀 외계인이 주인공입니다. 이 주인공은 광속의 열두 배 속력으로 10년 동안 우주 곳곳을 돌아다니다가 지구에 도착하게 됩니다. 그런데 우주 전체를 뒤져도 자신의 반려를 찾지 못했던 토끼 귀 외계인은 서울의 한 대학교에서 아리따운 여성을 보고 한눈에 반합니다. 토끼 귀 외계인은 자신이 살던 행성의 관습대로 그녀 곁을 맴돌며 그녀에게 자신의 사랑을 끊임없이 전달하지요. 그러나 불행하게도 지구의 여성에게는 감당하기 힘든 공포심만 주었답니다. 자기가 모르는 사람이 토끼 귀를 달고 24시간 주변을 맴돌며 감시하는 기분이었다나요. 결국 토끼 귀 외계인은 경찰에게 체포, 구금된 상태에서 좌절하며 이야기가 끝나게 됩니다.

이 글의 장르는 무엇일까요? 고전적인 문학 전공자라면 '소설'

이라고 답할 겁니다. 이야기 구조가 있고 서사가 있으니까요. 인물이 사건을 만나 기존의 일상이 깨지고, 그 일상을 깨뜨린 사람과 새로운 관계를 맺으며 다음 사건을 이어가지요. 『서사란 무엇인가』(문예출판사, 1999)를 쓴 미케 발은 사건이 끊임없이 연속되는 것을 '서사'라고 하였고, 문학에서는 문학적 개연성을 바탕으로 한 서사의 작업물을 '소설'이라고 불렀습니다.

그러나 근대, 이야기의 시대로 넘어오면서 소설은 다양한 방식으로 분화되었지요. 우리가 알고 있는 추리소설이나 SF, 환상문학 등이 생기기 시작한 것도 이 무렵입니다. 우리가 흔히 '장르'라고 부르는 용어도 이때 만들어진 의미에 가깝습니다. 여러분은 이 소설의 장르를 뭐라고 하겠습니까? 스페이스오페라? SF? 로맨스? 스릴러? 한국적 장르라면 엽기나 코미디, 로맨틱코미디, 또는 드라마라고 할 수도 있겠지요.

이는 학기 시작 때 학생들에게 장르를 가르치며 하는 질문이기도 합니다. 학생들은 어떤 장르를 가장 많이 답했을까요? 정답은 '모두 다'입니다. 요즘 학생들은 한 작품이 한 장르 구조에만 해당한다고 생각하지 않거든요.

이건 장르를 근대적인 의미로 파악하는 사람에게는 낯선 개념이기도 합니다. 이를테면 "〈스타워즈〉는 '포스'를 다루고 엄밀한 의미의 과학적 지식이 담겨 있지 않기 때문에 스페이스오페라 장르이며 SF라고 볼 수 없다", "과학적 지식과 뚜렷한 미래의 상상력을 보여주는 하드 SF만이 SF이다" 같은 논리로 수없이 논쟁하는 장르 팬덤에게는 말이지요. 과거에는 장르가 특정 구조와 관습 안에서 소설이 성립하느냐, 성립하지 않느냐를 나누는 분류학적 개념에 가까웠지만, 최근에는 그런 논쟁을 점차 낡은 것으로 치부하고 있지요. 주변을 둘러보세요. 넷플릭스의 영상물부터 '카카오페이지'나 '네이버웹소설', 심지어 인터넷사이트의 제품 설명만 보더라도 여러 요소를 태깅(#)해 보여주지요. 앞의 예시 글은 이제 SF, 스릴러, 판타지처럼 한 가지 장르로 분류하지 않습니다. 오히려 다음과 같이 표현할 수 있겠지요.

#판타지 #스페이스오페라 #SF #외계인 #집착피폐 #스릴러 #로맨스 #코미디

작품에 대중이 '장르'라고 부를 만한 요소가 하나라도 있으면 그것은 장르로 명명됩니다. 그리고 우리는 이러한 장르 요소를 '코드Code'라고 부릅니다. 학술 현장에서 코드는 "문화를 결정 짓는 법칙에 의해 정해진 집단적 상호작용 현상이며, 규칙으로 지배된 매커니즘, 일련의 협약 및 사회적 동의에 의해 결정된 상징기호"*를 뜻하는데, 장르에서는 제한된 구조 속에서 활용되는 장르적 코드를 '장르소Genremes', 이러한 코드의 집합을 '장르관습Genre Convention'이라고 불렀습니다. 장르소는 장르를 구성하는 가장 작은 단위라는 뜻인데, 여러분도 '형태소'라는 단어를 들어봤을 겁니다. 형태소가 의미 요소로서는 더 이상 분석할 수 없는 가장 작은 말의 단위라는 걸 떠올려보면, 장르소를 쉽게 이해할 수 있을 겁니다.

여기서 주목할 부분은 '장르관습'이라는 개념입니다. 관습은 한두 개의 요소를 의미하는 것이 아닙니다. 특정 용어를 어떻게 해석하고 바라보며 다룰 것인지에 대한 약속이 작은 문화의 형태로 고착화되어 있다는 뜻이지요. 데이비드 피시로브David Fishelov는 이러한 의미를 담아 "장르는 사회적 제도다"라고 은유하기도 했습니다. 이를 잘 보여주는 예시가 추리 소설가 로널드 녹스Ronald Arbuthnott Knox의 '추리소설 10계명'입니다.

1. 범인은 이야기 초반에 언급된 캐릭터여야 하지만, 독자가 예측할 법한 사람은 아니어야 합니다.
2. 모든 초자연적인 상황이나 불가사의한 수단은 배제되어야 합니다.

● 정은혜, 「한국 웹소설 태그의 기호학적 분석」, 『문화와 융합』 44, 한국문화융합학회, 2022, 207쪽.

3. 하나 이상의 비밀 방이나 통로를 만들어서는 안 됩니다.

4. 지금까지 발견되지 않은 독극물이나 긴 과학적 설명이 필요한 기구는 사용해서는 안 됩니다.

5. 이야기에 중국인은 등장해서는 안 됩니다.

6. 그가 옳다고 판명할 수 없는 우연이나 직관을 통해 사건을 해결해서는 안 됩니다.

7. 탐정 본인이 범인이어서는 안 됩니다.

8. 탐정은 독자의 추리를 위해 아직 생성되지 않은 단서에 집중해서는 안 됩니다.

9. 탐정의 어리석은 친구 왓슨은 머릿속에 스쳐 지나간 생각을 숨기지 말아야 합니다. 그의 지능은 보통 독자보다 약간, 아주 약간 낮아야 합니다.

10. 쌍둥이 형제나 대역은 독자가 적절히 준비되지 않은 상태에서 나타나서는 안 됩니다.

앞의 법칙들을 보면 하나같이 "~야 합니다" 또는 "~서는 안 됩니다"라는 명령어로 되어 있지요. 이 말인즉, 장르관습은 장르의 서사적인 특징, 또는 장르가 성립할 수 있는 톤과 매너를 만드는 핵심 요소라는 뜻이기도 합니다. 이러한 형태가 고착화될수록 작가는 특정 구조의 법칙에 따라 창작하게 되고, 독자도 독서를 하기 전부터 특정 형태의 법칙을 염두에 두고 작품을 접하게 되겠지요.

그러면 왜 우리는 웹소설에서 장르소보다 코드라는 용어를 더 많이 사용할까요? 답을 찾기 위해서는 코드라는 용어의 의미와 사용 방식에 대해 자세히 살펴볼 필요가 있습니다. 장르에서 사용되는 코드는 문화적·사회적·작품적 맥락이 제거된 공공재에 가깝습니다. 법칙이 있는 기호인 탓에 아이로니컬하게도 법칙으로부터 자유로워진 것이지요. 이미 기호만으로 법칙을 떠올릴 수 있으니, 그 외적인 맥락이 필요 없어진 것입니다. 그리고 이것이 장르소와 코드를 구분 짓는 결정적인 계기입니다.

장르는 일종의 계보학적 개념이고 팬덤을 형성하는 마니아 문화이자 놀이에 가깝습니다. 그러나 이러한 장르가 보편화되기 시작하면서 작품을 잘 모르는 사람도 일반적으로 알고 있는 장르소가 돌연변이처럼 등장합니다. 이러한 개념이 코드지요. 대표적인 코드가 바로 '좀비Zombie'입니다. 최초의 좀비 영화나 좀비 영화를 만든 감독, 그리고 좀비 게임과 최초로 달리기를 시작한 좀비, 바이러스 좀비, 부두교 좀비 등 좀비가 나오는 작품의 맥락을 모르더라도 좀비의 생김새나 특성은 알 겁니다. 좀비에게 물리면 감염되고, 죽었다가 살아나고···. 〈킹덤〉이나 〈부산행〉을 보기 위해 조지 A. 로메오 감독의 영화나 〈바이오 하자드〉와 같은 고전적인 작품의 계보까지 알 필요는 없지요. 이처럼 기존의 장르관습이나 요소에서 완전히 벗어난 상태에서도 특정 장르의 핵심 DNA만 갖고 있는 요소를 코드라고 부릅니다.

그렇다면 근대의 장르와 현대의 태깅, 그리고 장르소에서 코드로의 인식 변화가 왜 중요할까요? 재미있게도 장르를 구성하는 가장 작은 개념이 변화한 탓에 웹소설에서 구현된 장르를 분석하기 위해선 '문학'이나 '예술'이라는 총체적 개념과 틀에서 벗어나 소비자들의 소비 형태, 그중에서도 동시대의 독자들이 작품과 소통하고 독자끼리 소통하는 바로 그 형태에 더 주목해야 하기 때문입니다. 현대의 장르는 소비의 또 다른 이름이며, 상업·예술 분야의 독자적인 미학을 필요로 하게 되었습니다.

IP 콘텐츠 시대의
코드와 해시태그

최근 언론에서 IP 콘텐츠, IP 사업 등을 많이 언급합니다. 웹소설 시장의 흐름을 주도하는 '카카오엔터'나 '네이버' 같은 거대 플랫폼이 이러한 IP 콘텐츠 사업에 힘을 쏟고 있는 만큼 중요해진 개념이기도 하지요. 그런데 IP 콘텐츠가 중요하다는 것은 알지만 그것이 왜, 어떻게 중요한지는 알지 못하는 분이 많을 겁니다.

'IP 콘텐츠'란 지식 재산 콘텐츠Intellectual Property Content의 약자입니다. 이것은 콘텐츠를 기반으로 다양한 부가 사업을 가능하게 하는 지식재산권 묶음입니다. 이러한 지식재산권 묶음은 콘텐츠의 가치가 높아지고 시장이 확대되면서 나온 개념입니다.

소설을 읽는 다양한 채널이 생겼습니다. 스마트폰을 기반으로 한 웹소설 같은 형태가 있는가 하면, 아이패드 등의 패드류를 이용해서 전자책을 읽는 것에도 익숙하지요. 독서 시장에서 종이책은 여전히 강력한 매체이며, 이제는 오디오북 등 시각을 넘어서는 감각을 활용한 매체도 생기고 있지요. 잘 만들어진 이야기 하나를 다양한 매체와 시장을 통해 소비할 수 있게 된 겁니다.

그런데 이런 변용은 우리에게 낯설지 않습니다. TV 프로그램에 나온 로봇을 장난감으로 만들어 판다거나, 신문 연재소설이 드라마화되는 등 원작을 바탕으로 다양한 형태의 변용을 가하는 사례가 있었으니까요. IP 콘텐츠 산업에 대해 잘 모르더라도 OSMUOne Source Multi Use라는 용어는 들어봤을 겁니다.

그렇다면 IP와 OSMU는 무엇이 다를까요? OSMU는 원천 시나리오가 있을 때 그것을 어떤 매체로 전달할 것인지, 그 전달 방식에 따른 스토리텔링에 집중한 개념이라면, IP 콘텐츠는 상품이 유통되는 지적재산권의 범주를 고려해 마케팅 측면에서 접근한 후, 이를 전략적으로 활용해 콘텐츠를 다양한 매체로 전환해 선보입니다.

한 가지 예를 들어보겠습니다. 여러분은 J. R. R. 톨킨의 소설 『반지의 제왕』을 알 겁니다. 소설을 읽은 분도 있고, 3부작으로 만들어진 영화가 익숙한 분도 있을 겁니다. 이렇게 원천이 되는 이야기가 존재하고, 그것을 다양한 매체로 전환하여 전달하는 것이 OSMU입니다. IP 콘텐츠는 원천이 되는 이야기만을 포함하지 않습니다. 그것을 바라보고 있는 유통망과 환경, 그리고 거기에 들어가 있는 독자나 소비자의 욕망까지도 포함합니다. 그러니 IP 콘텐츠는 『반지의 제왕』이라는 소설로 한정하지 않고, 그것을 둘러싼 톨킨의 팬덤인 '톨키니스트'들이 동시대에 『반지의 제왕』을 어떻게 의미화하고 소비했는지, 톨킨의 저작들이 영미 문화권에서 시대와 어떻게 교차했는지 등을 포함한 정수라 할 수 있지요.

근대 작품 중 IP 콘텐츠에 대한 좋은 예시가 있습니다. 1982년 ㈜화천공사가 제작한 영화 〈안개 마을〉입니다. 이문열의 『익명의 섬』을 영화화한 작품입니다. ㈜화천공사는 소설을 영화화하기 전 서울 시내 대학생과 직장인, 주부 797명을 대상으로 설문조사를 했습니다. 영화의 제목과 출연 배우에 대한 의견을 물어본 것이지요. 이렇게 완성된 영화에는 원작 소설의 스토리와 얼개만 들어가 있는 것이 아닙니다. 이 소설을 읽으며 어떤 장면을 상상했는지, 영상으로 어떻게 표현되길 바라는지 직접 언급한 소비자의 욕망까지 구현한 셈입니다.

웹소설은 IP 콘텐츠 시장을 대표하는 콘텐츠입니다. 웹소설이 인터넷 공간에서 연재된다는 사실은 인쇄를 통해 '책'으로 독자들에게 선보이지 않고 가변적인 디지털 기호로 세상에 존재한다는 의미입니다. 책은 세상에 나왔을 때 그 형태가 고정됩니다. 오타나 내용을 수정하기 어렵지요.

그러나 웹소설은 하루에 한 편 연재되며, 독자들의 댓글 반응이 좋지 않으면 24시간 이내에 내용을 A/S하지요. 그렇다 보니 소설의 내용은 작가만의 생각을 바탕으로 한 창작물에서 그치는 게 아닙니다. 독자들이 소설에 바라는 욕망이 즉각적으로 포함되고, 동시에 그것이 다시 작품이라는 콘텐츠에 흡수되지요.

웹소설을 읽다 보면 다음과 같은 경우를 맞닥뜨리기도 합니다. 연재된 지 10일이 지난 편이 있다고 가정해봅시다. 이 편은 연재 당시 논란이 되어 댓글이 다른 편보다 다섯 배 이상 많이 달렸습니다. 작가는 댓글의 의견을 반영해 해당 내용을 수정합니다. 자, 그럼 우리는 이 글의 어디서부터 어디까지가 작가의 고유한 창작물이자 콘텐츠라고 판단해야 할까요?

소설 텍스트나 영화 텍스트, 만화 텍스트를 고전적인 의미에서 바라보는 것이 아니라 IP 콘텐츠의 틀로 다시금 인식하는 것은 창작물이 창작자에게서 오롯이 나온다는 관념이 깨지고 소비자들의 욕망과 정동이 반영되며, 이 텍스트가 오롯이 소비되기 위해 나왔단 인식으로 패러다임을 전환합니다.

고전적인 의미의 출판에서 장르는 작가나 출판사가 출간한 글이 특정한 방식으로 독해됐으면 하는 바람을 담은 명명에 가까웠습니다. 이를테면 '남자가 여자에게 꽃다발을 주었다'라는 문장도 출판사가 그 책을 '로맨스'로 명명하느냐, '추리·스릴러'로 명명하느냐에 따라서 독자들은 다른 방식으로 독해하지요. 이런 독해 방식은 위에서 아래로, 톱다운Top-Down 형태로 내려오는 것이었습니다. 그러나 지금은 독자가 적극적으로 자신의 소비 패턴과 문화적 형상을 해시태킹해 소비함으로써 텍스트의 장르를 바꾸는 시대가 되었습니다.

　몇 년 전 개봉한 〈불한당〉은 훌륭한 예입니다. 한국형 느와르 영화 〈불한당〉은 개봉 당시 주인공들의 케미로 많은 화제가 되었습니다. 트위터를 비롯한 수많은 소셜미디어에서 관객들은 두 캐릭터를 엮어 '브로맨스' 형태로 서사를 소비했으며, 〈불한당〉을 BL 영화 또는 브로맨스 영화라고 불렀지요. 이때 '느와르'는 감독이나 제작자, 배급사의 분류라면, 소셜미디어에 '#BL', '#브로맨스'라고 태킹한 건 관객이 자신의 욕망을 투여해 소비한 결과입니다.

　웹소설이 독자적인 미학을 필요로 하는 까닭도 이와 같습니다. 웹소설은 창작자의 입장에서 예술론을 펼치면 되는 미학에 포섭되지 않습니다. 소비자가 어떻게 소비할 것인지, 만들어진 즉시 소비자의 욕망과 정동이 포함된 장르를 바탕으로 불안정하고 위태로운 현상의 총체로서 가속화하고 있습니다. 판타지, SF, 로맨스 같은 일반적이고 근대적인 분류는 끝없이 해체되었고, 남은 건 '여공남수', '리디광공', '총공', '다정남', '피폐', '역하렘', '하렘', '츤데레' 등 캐릭터와 주인공, 주인공에게 몰입하는 독자의 관계가 서사나 장르처럼 위장하고 서 있지요.

그럼 장르라는 개념의 변화가 웹소설에 어떤 영향을 미치는지 알아보겠습니다.

서사가 아니라
서사적

여러분은 판타지라고 하면 무엇이 떠오르나요? 무한한 환상을 마음껏 펼칠 수 있는 세계, 요정과 마법사, 기사 들의 가슴 뛰는 모험담 등이 떠오르나요? 우리의 욕망을 무한히 펼쳐질 수 있는, 원하는 모든 것이 이루어지는 나만의 세상이 떠오르나요? 이 두 가지 예시는 모두 오랫동안 소비되어온 판타지의 갈래입니다. 하지만 최근 몇 년 사이 웹소설에서는 독특한 경향이 나타났습니다. 판타지 안에서 남성향과 여성향이 나뉘기 시작한 겁니다. 여러분은 판타지라는 단어에서 '남성'이나 '여성'이라는 구분을 찾을 수 있나요?

한국에서 판타지보다 더 오랫동안 소비되어온 무협의 경우는 상황이 더욱 기묘합니다. 여성 혐오적인 기표나 서술이 많아 남성적이고 마초적인 장르란 인식이 굳어졌거든요. 최근에는 라이트노벨 장르를 '씹덕 문화'라고 폄훼하며 성에 대한 인식이 뒤틀린 청소년이나 성인 남성이 소비하는 것으로 여기는 경우도 심심찮게 찾아볼 수 있습니다. 이처럼 특정 장르의 이름이 그 안의 구조나 문법, 구성을 대표하는 것이 아니라 그것을 누구에게 어떻게 소비하는지, 그들 욕망이 어떤 젠더와 맞닿아 있는지를 규정하고, 그 소비 형태를 장르의 젠더로 규정하는 경우가 많아졌습니다.

그럼 독자들은 이런 생각을 할지도 모릅니다. '이건 경향 아니야? 남성들을 만족시켜주는 소설은 그런 이야기를 원하는 사람을 위한 기호가 많이 등장하는 것이고, 그렇다면 그런 소비 경향을 남성향이라고 이름 붙일 수 있지 않아?'라고요. 물론 그 질문은 궁극적으로 제가 할 이야기와 맞닿아 있습니다. 그런 경향이 좋다, 나쁘다를 평하려는 게 아닙니다. 주목할 것은 그런 경향이 생긴 이유입니다. 앞서 〈불한당〉을 이야기하며 작가가 만들어낸 기호와 구조가 있을 때 소비자는 그 소비 형태를 따르지 않고 본인들의 취향과 미감에 맞춰 기호를 자유롭게 해석하며 재구성한다고 했지요. 이런 상황에서 장르 본연의 세계와 문법은 해체되기 시작했습니다. 이 과정에서 장르나 서사가 가지고 있어야 할 기호의 지위가 변질된 것입니다. 그러니까 중요한 건 '판타지'라는 기표가 아니라, 그 기표를 어떻게 해석할 것인지, 그 독해 방식이 장르의 이름이 된다는 점입니다.

우리가 주목해야 할 것은 독해 방식이 서사에 앞선다는 점입니다. 웹소설은 그 어떤 웹콘텐츠보다 빠른 속도로 방대하게 창작되고 있습니다. 몇 년 사이 유행한 '회빙환(회귀·빙의·환생)'처럼 특정 장르 문법이 주도하는 패션은 있지만, 그 변화의 주기는 무척 짧은 편입니다. 상황이 이렇다 보니 독해 방식은 자연스럽게 생길 수밖에 없습니다. 일반적인 웹소설 독해가 문학적 언어를 기반으로 상징기호를 섬세하게 읽는 것이 아니라 '고구마-사이다'처럼 즉발적인 감정적 작용으로 대표되는 것도 이러한 까닭입니다. 그렇다 보니 특정 집단이 기쁨을 느끼는 구조적 맥락이 중요해지고, 이러한 기호의 소비와 해석은 결국 소설 바깥 사회와 맞닿아 있어 남성·여성이라는 존재와 결합할 수밖에 없었습니다.

이건 판타지나 무협, 라이트노벨과 남성향 소설만의 일은 아닙니다. 로맨스 소설의 경우 받을 수 있는 악플 중 하나가 '남자 작가가 쓴 것 같다'는 평입니다. 그렇게 소문이 나면 다른 많은 독자가 연이어 악플을 달고, 작가와 작품에 대한 테러가 이어지기도 하며, 작가가 직접 해명하는 경우도 있지요. 이러한 테러가 가능한 이유는 로맨스 소설을 여성들의 시장이라고 생각해 젠더 운동의 일환으로 남성이 쓴 로맨스 소설은 소비하지 않는 독자가 있기 때문입니다. 이는 로맨스와 자매격인 로맨스판타지도 마찬가지지요.

한국 장르문학 역사 초기에는 장르의 젠더 구분이 모호했습니다. 앞서 장르와 미학에 대한 이야기에서, 장르는 상호작용하는 과정에서 생긴 형식이라고 했지요. 장르가 정착되기 전에는 장르의 콘셉트나 형태를 갖췄다고 할 만한 작품이 없었습니다. 판타지를 예로 들어봅시다. 환상적 기호에 몰입한 사람이라면 모두 창작에 참여할 수 있었지요. 초기 판타지 소설을 보면 『세월의 돌』, 『용의 신전』, 『마왕의 육아일기』 등 여성 작가의 작품이 많지요.

자, 지금까지 좀 복잡한 길을 왔습니다. 다시 장르에 관한 이야기로 돌아가보겠습니다. 우리가 장르라는 개념을 이야기할 땐 판타지나 SF, 로맨스나 추리, 무협, 호러, 스릴러 등 범주화한 것에 관한 클리셰와 코드, 관습 같은 구조적 틀을 먼저 떠올리지만, 지금 웹소설에서 주로 이야기하는 장르는 이러한 개념만으론 읽어낼 수 없습니다. 크게는 남성향·여성향이라는 이분법의 틀이 존재하고 근대적 '장르들'의 구조는 해체되었으며, 소비자가 이것을 어떤 방식의 기호로 받아들이는지에 관한 시장 경향

성만 남았지요. 또한 사람들은 현실과 온라인 커뮤니티라는 두 세계에서 다양한 기호에 감정적으로 어떻게 반응할지, 자동 연상작용을 끊임없이 창작·소비하는 기계이자 노동자로 자리 잡았습니다. 그렇기 때문에 저는 웹소설의 이야기 틀이자 흐름이자 구조를 서사라고 부르지 않고 '서사화'라고 통칭합니다.

여러분은 웹소설에 고전적 의미의 서사가 존재한다고 생각하나요? 이러한 질문을 던지면 사람들은 의아해할 겁니다. 웹소설은 주인공이 사건을 겪으면서 성장하는, 서사문학의 한 갈래이니까요. 하지만 제가 군이 고전적 의미의 서사라고 한 데에는 이유가 있습니다. 고전적인 의미의 서사는 "관계된 사건의 연쇄이며, 사건이란 행위자에 의해 야기되거나 경험되는 한 상태로부터 다른 상태로의 전이"*라고 이야기합니다. 그러나 웹소설은 옴니버스 형식의 작은 이야기 단위가 연속적으로 전개되지만, 가시적인 상태의 전이는 이루어지지 않거든요. 그렇기에 웹소설 연구자 김준현은 저서 『웹소설 작가의 일』(한티재, 2019)에서 웹소설 장르 판타지는 "주인공이 이미 목표를 이룰 수 있는 상태에서 사실상 라이벌이 아니지만 라이벌이라고 착각하는 이들의 무용한 도전이 계속되고, 주인공은 별달리 힘을 들이

● 미케 발 지음, 한용환·강덕화 옮김, 『서사란 무엇인가』, 문예출판사, 1999, 16~31쪽.

지 않고 운명적으로 목표를 이루는" 서사가 계속된다고 분석하며 이를 '반서사적'이라고까지 평했습니다.

　조금 어려운 이야기일 듯하니 예를 들어봅시다. 여러분은 2021년으로 회귀했습니다. 2021년 비트코인이 7천만 원 선을 웃돌았습니다. 이즈음 비트코인을 다 처분하고 주식으로 재산을 늘렸다면 어떨까요? 주식 열풍에 주목했다면 코로나 상황에서 하늘로 솟다 못해 우주로 치솟아버린 주식들을 기억할 겁니다. 이런 스토리는 웹소설에서 말하는 회귀물의 전형이지요. 실제로 코로나 시대 주식 재벌을 다룬 소설이나 비트코인 재벌을 다룬 소설은 지금도 창작되고 있으니까요. 그럼 여러분에게 묻겠습니다. 이런 작품의 주인공은 위기와 고난을 겪으며 정체성이 변화하던가요? 아뇨, 그렇지 않습니다. 5년 전으로 회귀했기 때문에 5년 뒤의 주가와 경제 환경을 알고 있는 주인공은 성공이 예견된 사람입니다. 운명적으로 성공할 수밖에 없고, 소설역시 성공에 대한 내용만 있지요. 즉, 주인공은 어떤 변화도 겪지 않고 소설 전반부, 그것도 프롤로그를 비롯한 극 초반 3편 안에 세팅된 운명대로 흘러갈 가능성이 높습니다. 독자는 그러한 가능성이 그대로 구현되리라 기대하며 소설을 읽기 위해 클릭하고, 그런 내용이 구현된 소설에서 재미를 느끼죠.

　즉, 웹소설의 짧은 이야기 한 편에서 우리가 볼 수 있는 건 독자의 기대감과 만족감이라는 구조적 틀밖에 없습니다. 운명적으로 신과 가까운, 상처 입지 않고 불변하는 주인공이 경험하는 건 굴곡 가득한 고난과 역경이 아니라 완성이 예견된 게임적 신체가 끝없이 경험하는 퀘스트quest의 변주입니다.

웹소설의 서사에서는 독자의 만족이 소비의 핵심 동력으로 변환된 셈입니다. 그래서 저는 이것을 '감정의 서사화'라고 부릅니다. 서사나 구조에만 주목한다면 남성과 여성이라는 젠더의 분화를 이해할 수 없지만, 그 과정을 통해 누가, 어떻게 만족하는가, 어떤 감정을 느끼는가로까지 나아간다면 우리가 익숙하게 여기는 코드들, 그리고 서사들이 젠더의 이름을 얻기까지의 과정을 살펴볼 수 있겠지요.

지금까지 웹소설의 장르와 전개 방식, 서사로 나아가는 과정을 통해 웹소설이 콘텐츠 미디어 시대의 발명품이며 그것을 평가하기 위해선 고전적 코드가 아닌 새로운 방식의 미학이 필요하다는 이야기를 했습니다. 학술적 내용과 시장의 현황을 이리저리 접붙이다 보니 조금은 난잡하게 쓰여진 감을 지우기 힘듭니다. 그렇다면 이러한 누더기를 어떻게 독자에게, 그리고 대중에게 전달할 수 있을까요? 다음 장에서는 웹소설을 깊이 있게 이해하기 위한 고민을 넘어 웹소설 교육에 대한 고민과 답변을 이야기하려고 합니다.

2장

웹소설은 어떻게 가르칠까?

웹소설 교육이라는
외줄 곡예

1장에서 웹소설과는 거리가 있을지도 모르는 추상적 개념에 대해 설명한 이유가 있습니다. 웹소설을 잘 알고 있는 분에겐 1장의 내용 대부분이 무의미할 겁니다. 그러나 웹소설을 잘 모르는 분의 질문에 웹소설이 상업성을 추구하는 이유와 짧은 단위의 서사 구조를 원하는 이유, 다른 분야의 글과 다른 점 등에 관해 답할 때, 이론적 기반이 없다면 "웹소설은 상업소설에서 시작되었기 때문에 상업성을 추구해야 하고 이것이 순문학과 결정적인 차이다"라는 식의 동어반복밖에 할 수 없거든요. 이러한 고민을 공유하기 위해선 웹소설 교육에 대한 이야기를 천천히 풀어봐야 할 것 같습니다.

웹소설 시장의 축은 여러 개가 있습니다. 크게 보면 웹소설을 읽는 사람과 쓰는 사람이라는 두 개의 축을 바탕으로 합니다. 그러나 여기서 한 발짝만 떨어져 살펴보면 수많은 시장과 작은 톱니바퀴가 보입니다. 그중 최근 각광받는 것이 웹소설 교육 시장입니다. 당신도 웹소설 작가가 될 수 있다는 메시지를 담아 현역 작가, 편집자, 연구자가 웹소설을 교육하는 것이지요. 대학 강의도 많이 생겼습니다. 저 역시 한 대학에서 강의했고, 그전에 대중 인문학 강연장에서 웹소설 창작을 가르쳤으며, 지금도 다양한 온·오프라인 공간에서 웹소설과 관련된 교육이나 멘토링을 하고 있습니다. 현재는 이런 공식 창구가 아닌 업체 단위로 이루어지는 아카데미 형태의 멘토링 교육이나 사설 교육도 늘고 있습니다.

그런데 이러한 교육 현장에 있으면서 '예술 교육'과 '기술 교육', 그리고 '교육', 세 가지 모두를 고민하는 사람은 드물다고 느꼈습니다. 대학의 웹소설 관련 교육자를 직간접적으로 만나거나, 사설 업체 교육이 어떤 식으로 이루어지는지 특강을 듣기도 하고, 수강생들과 대화를 나누기도 하며, 영상을 받아 검수하거나 참고한 결과지만 말입니다.

웹소설 교육에서 예술 교육은 작가로서의 의식과 삶을 교육하는 동시에 학문 영역에서 학자들이 오랫동안 연구해온 지식과 예술성, 미학적 가치를 교육하는 것으로 대학을 비롯한 아카데미 기관에서 많이 이루어집니다. 그러나 이러한 교육은 웹소설이라는 현상에 주석을 다는 작업에 가깝습니다. 그보다 시장에서 더 각광받는 건 실제 웹소설을 쓸 수 있는 교육, 즉 기술 교육이지요. 기술 교육은 웹소설을 쓸 수 있는 방법을 교육하는 것으로 문법과 문장, 연출과 서사 기법, 시장에서 주로 사용하는 코드와 유행, 독자 분석 방법 등을 일컫습니다.

물론 이는 임의로 분류한 것이며, 대학이라고 해서 기술 교육을 등한시한다는 뜻은 아닙니다. 현재 아카데미에선 예술 교육보다 기술 교육에 방점을 둔 채 커리큘럼을 만들고 있으니까요. 웹소설이라는 텍스트의 태생이 대중 공간에서 자생한 것이다 보니 예술 교육은 사족 같을 수밖에 없을 겁니다.

문제는 강의 커리큘럼이 아니라 강사의 역량과 경력에서 나타납니다. 웹소설 시장과 달리 웹소설 교육 시장은 인력이 부족합니다. 그렇다 보니 어떤 이는 웹소설을 가르치기 위해 영화 문법과 서사에만 집착한다거나, 어떤 이는 다른 기반 없이 웹소설의 기술적인 부분만 이야기하기도 합니다. 웹소설은커녕 장르에 대한 관심이나 작업물이 없는 사람이 장르와 관련된 창작이나 비평, 이론을 가르치는 경우도 심심찮게 볼 수 있습니다. 이는 대학에서 개별 과목 강사를 구하기 어렵기 때문이기도 한

데, 이는 뒤에서 자세히 말씀드리겠습니다. 웹소설 교육 시장이 조금 더 발전한 지금은 예술과 기술 교육, 두 가지 측면을 다 잡은 사람들이 점차 늘어나고 있긴 하지만 아직까지 그 숫자는 미미해 두 손으로 꼽을 정도입니다.

거기에 덧붙여 웹소설 교육에서 의외로 고려하지 않는 부분이 '교육' 그 자체입니다. '웹소설을 잘 모르는데 글을 쓰겠다는 사람에게는 어떤 커리큘럼으로 가르쳐주고 이해시킬 수 있을까요?' 웹소설만이 아니라 다양한 대중문화 콘텐츠 시장 교육 전반에 걸쳐 사람들이 자주 놓치는 부분이지요. 5~10년 전만 하더라도 이는 대중문화 교육에서 필요 없는 질문이었기 때문입니다.

10여 년 전, 장르문학은 좋아하는 사람들만 쓰고 읽었습니다. 작가로 데뷔하는 사람 대부분은 많은 독서량을 자랑하는 장르문학 애호가였지요. 시장은 크지 않았고, 애정이 가득한 사람들만 겨우 이 시장을 붙잡고 자신의 애정을 끝없이 증명했습니다. 그러니 장르문학 작가로 데뷔하겠다는 사람이 장르문학을 모를 거라고는 생각할 수 없었습니다. 그들의 취향이 나와 다르다거나 상업적인 기준에서 멀다는 것만을 걱정할 뿐이었지요.

이제는 웹소설 교육 시장이 활성화되고, 누구나 글을 쓸 수 있다고 광고하는 시대가 되었습니다. 2020년 발발한 코로나19

팬데믹 상황이 '부캐', '부업' 열풍을 일으키며 '클래스 101', '스터디파이', '탈잉', '콜로소' 등 다양한 교육 플랫폼이 활성화되었습니다. 집에서 내가 좋아하는 소설만 쓰면 큰돈을 벌 수 있다는 웹소설 시장은 매력적일 수밖에 없었지요. 그렇다 보니 이 시기를 전후해 웹소설 강의를 하러 가면, 인생 이모작을 준비하며 웹소설 작가에 관심이 생겼는데 웹소설은 읽어본 적이 없거나 도서대여점에서 접해본 게 전부인 분들이 많았습니다. 이들은 웹소설이 무엇인지, 웹소설 작품이 어떤 방식으로 출간되는지 알고 있는 경우가 드물었지요.

웹소설 교육 현장에 있는 사람들에게 이들은 낯선 존재였고, 제대로 된 교육이 이루어지지 않은 경우가 많았습니다. "웹소설을 좋아하지 않으면 이 바닥에 들어오지 마세요"라고 이야기하는 사람부터 자신의 기술·예술 교육을 따라오지 못하는 교육생에게 재능이 없다고 단언하는 사람까지, 다양한 형태의 실패가 누적되었습니다. 웹소설 교육을 해본 사람들이 모이면 "그런 사람들이 왜 웹소설을 쓰겠다고 들어오는지 모르겠다. 돈이 되니까 숟가락을 얹으려고 하는 건가?"라는 식의 적대적인 목소리도 왕왕 들렸습니다.

그러나 근본적인 문제는 웹소설을 모르는 교육생들이 아니라 웹소설의 교육적 방법론을 고민하지 않은 우리들이었습니다.

유료 연재 경험과 성공 경험을 공유하는 차원의 노하우 전달을 넘어서 '어떻게 하면 웹소설을 모르는 교육생에게 웹소설 개념과 연재·창작 기술을 전달할 것인가?'라는 질문을 던진 적이 없었습니다. 그렇다 보니 대비하지 못했던 교육생을 마주한 창작자나 교육자 들은 이들을 가르치길 포기했지요.

물론 이는 작은 단위의 사설 업체나 기업, 개인 간의 관계에선 얼마든지 일어날 수 있는 일입니다. 그러나 대학 교육은 그래선 안 됩니다. 웹소설 창작이 아닌 다른 학과의 예를 들어볼까요? 법대나 의대처럼 전문 지식을 다루는 곳은 교육용 교재와 방법을 마련하지 않은 채 재능 있는 사람만을 교육하진 않습니다. 문학을 모르는 사람도 국어국문학과 수업을 들으면 어설프게나마 문학의 개론을 더듬어서 문학이라는 총체에 접근할 수 있고, 코딩을 모르는 사람도 컴퓨터공학과의 수업을 차근차근 따라가다 보면 기초적인 프로그램을 이해할 수 있게 되는 것처럼, 웹소설 역시 그만의 교육 구조를 만들어야 하는 건 당연한 일이지요.

저 역시 강의록을 만들며 '곡예비행'을 해왔고, 그렇다 보니 체계적인 교육의 필요성을 통감할 수밖에 없었습니다. 5년 가까이 여러 사람 앞에서 강의하며 내린 결론은 웹소설 교육의 시작은 장르 개념과 이론부터 설명하는 게 낫겠다였습니다. 웹소설 시장에 대한 정의를 넘어 웹소설이 웹소설인 이유에 관한 개연성을 학술적으로 풀어냈습니다. 이것은 웹소설을 모르는 교육생에게 웹소설을 설명할 때 가장 큰 도움이 되었습니다. 그리고 두 번째 시간은 신뢰감 형성에 투자했습니다. 기술적인 부분이 갖춰진 교육생이라면 예술적인 부분을, 예술적인 부분이 갖춰진 교육생이라면 기술적인 부분을, 그 둘 모두가 갖춰진 교육생이라면 교육적인 체계와 커리큘럼이 있음을 믿게끔 하는 것이지요.

여기서 한 가지 질문하고 싶습니다. 여러분이 웹소설 교육생이라면 교육자에게 무엇을 가장 많이 요구하겠습니까? 당연하겠지만 좋은 웹소설, 잘 팔리고 인기 있는 웹소설을 창작하기 위한 비법과 비기를 원할 겁니다. 그럼 교육자가 이러한 교육이 가능하다는 것을 어떻게 알 수 있을까요?

대부분의 교육생은 인기를 얻은 적이 있는 기성작가라야 이런 교육을 할 수 있다고 생각합니다. 하지만 현장 경험이 풍부한가와 교육을 잘 할 수 있는가는 다른 이야기입니다. 아직도 이 시장에서는 독설만이 오만함을 깨주고, 재능 없는 사람은 빨리 포기시키는 것이 그 사람을 위한 일이며, 칭찬은 독이 될 뿐이란 믿음이 횡횡하거든요. 그런데도 교육생들은 성공 경험이 있는 교육자의 말을 쉽게 믿곤 합니다. 바꿔 말하면, 성공한 경험이 없는 사람은 교육할 자격을 증명하기 어렵습니다.

저는 2017년 이후 웹소설을 네 편, 전자책을 두 편 썼습니다. 한 편은 본명으로 출간했고, 다른 작품들은 필명으로 출간했지요. 본명으로 출간한 작품은 큰 이슈가 되지 않았고, 필명으로 출간한 작품은 괜찮은 프로모션을 받으며 좋은 성적을 거뒀습니다. 하지만 본명이 아니었기에 '이융희'라는 이름으로 인터넷에서 검색한다 한들 제 작품이 노출되거나 회자되진 않았습니다. 그런 상황에서 웹소설 교육 현장에 있는 절 바라보는 시선은 부정적일 수밖에 없었습니다.

처음에는 부정적인 시선을 연구와 데이터, 교육 방법으로 메꾸려고 했습니다. 어느 정도 소득도 있었지요. 하지만 이는 근본적인 해결 방법이 아니었습니다. 그렇기에 저는 제 방법이 흥행에 도움이 된다는 것을, 특정 방법이 아니라 범용적으로 사용할 수 있는 방법임을 증명할 매개형 커리큘럼을 개발해야 했습니다. 그것이 '웹소설 창작 실습'이라는 수업의 바탕이 되었습니다.

웹소설 창작 실습이라는
교육 실험

앞서 많은 교육생은 인기를 얻었던 기성작가만 웹소설 교육을 할 수 있다고 생각하며, 그러한 경험이 없는 일반 연구자의 웹소설 교육에는 불신이 있다고 이야기했습니다. 이러한 불신은 누적된 실패에서 비롯된 것입니다.

웹소설이나 상업소설 작품은 독자를 만족시키기 위한 서비스 영역이라고들 이야기합니다. 그런데 왜 교육 시장에서는 이런 교육자들이 독자의 욕망을 무시한 채 '좋은 교육'이라는 기치를 내걸며 권위를 획득하고 있을까요? 이것은 예술과 기술, 그리고 그 사이 어느 쪽에도 속하지 않는 '오타쿠적 데이터베이스'를 제대로 구분하지 못했기 때문입니다. 그렇기에 우리는 예술 교육과 기술 교육 사이의 지도를 제대로 그릴 필요가 있습니다.

'웹소설 창작 실습' 수업을 설계할 때 가장 중요하게 생각했던 것이 바로 이 지점이었습니다. 교육자가 할 수 있는 것과 할 수 없는 것을 구분하고, 할 수 없는 것을 교육생들에게 일러준 뒤, 후속 교육까지 매개하는 교육 과정입니다.

강의를 시작하며 제가 할 수 있는 일과 할 수 없는 일을 나누어보았습니다. 2006년 데뷔 이후 장르문학 창작 현장에 있었습니다. 학업 때문에 글에 집중하지 못한 시기가 길긴 했습니다만, 웹소설과 장르문학을 창작해왔지요. 석사 논문을 쓰기 전 웹소설 작가로 데뷔했고, 전자책 형태의 소설을 쓰기도 했으며, 장르 비평 팀을 꾸리고 여러 웹소설 작가를 만나며 비평과 큐레이션 활동도 했습니다.

그러니 웹소설의 문법을 읽고 쓸 수 있었으며, 웹소설의 상징 요소와 서사 텍스트를 문학적·사회적으로 가르치는 것에 조금 더 자신이 있었습니다. 2018년부터는 대학에서 시간 강사 생활을 시작했고, 이전에는 대중을 상대로 인문학 강연을 했습니다. 다행히 강의를 하는 게 적성에 맞았고, 어떻게 하면 웹소설을 모르는 사람들에게 내용을 잘 전달할 수 있을지 스토리텔링을 이용한 교육 방법에 대해서도 꾸준히 고민해왔지요.

제가 동시대의 다른 연구자보다 조금 더 유리한 점은 도서대여점이 유행하던 시기에 수만 권의 책을 꾸준히 읽었던 판타지 소설 애독자이며, 현재 연재되는 웹소설 역시 오랫동안 다달이 수십만 원씩 결제해온 헤비 독자라는 데 있습니다. 웹소설이 유행하면서 장르문학에 관심을 가진 것이 아니라 장르문학 태동기부터 장르문학에 관심을 가져왔던 만큼, 한국 판타지 코드가 어떻게 웹소설 코드로까지 전개되었는지 경험적·학술적·논리적인 방식으로 대중을 안내할 수 있습니다.

앞선 꼭지에서 많이 받는다고 했던 질문 하나를 예로 들어보겠습니다. 많은 사람이 왜 웹소설은 상업 시장에서 재미를 추구하는 방향으로 자리 잡았는지 묻습니다. 그럼 대부분의 강사는 웹소설이 시장에서 탄생한 상업소설이기 때문이라고 답하지만, 이건 동어반복에 지나지 않습니다. 모든 상업소설은 재미를 추구하는가라고 되물어봅시다. 우리는 일차원적인 재미를 느끼지 못하는 고급문화에도 재미를 느끼고 돈을 지불합니다. 재미의 기준은 사람마다 다르고, 고급문화라는 영역도 읽고 해석하는 방법을 익힌다면 나름대로 재미있다는 것을 알게 됩니다. 앞서 설명했듯 웹소설은 장르를 기반으로 한 문학이고, 장르를 기반으로 한다는 것은 독해법을 익혀야만 작품을 제대로 읽을 수 있다는 의미입니다. 흔히 웹소설 용어가 어렵고 뭐가 재미있는지 잘 모르기 때문에 낯설다고 이야기합니다. 이를 상업소설이니까 재미있는 거라고 말하는 단순 암기 형태의 가르침을 교육이라고 하긴 어렵습니다.

물론 이런 질문에 '말초적인 쾌락'이나 '자본 친화적인 쾌락' 같은 말로 다시금 재미의 형태를 구분해 설명하는 분도 많습니다. 하지만 이것은 웹소설의 지위나 가치를 갉아먹는 방식의 답변이라 저는 좋아하지 않습니다. 무엇보다 이런 답변은 '욕망에 충실한 게 뭐 어때?'라는 자기 합리화에서 더 이상 생각을 발전시키지 못합니다.

이 지점을 설명하기 위해 도서대여점 산업과 1997년 외환위기(IMF)를 이야기하곤 합니다. 외환위기 전후로 유행했던 도서대여점 유통망은 전국 3만여 개의 점포를 세우며 장르문학의 부흥을 이끌었습니다. 나이가 적고 처음 글을 써본 작가라 하더라도 출판사를 통해 책을 내면 전국 도서대여점에 책이 배본되는 등 데뷔를 쉽게 할 수 있었던 시대였지요. 젊은 세대의 과소비가 외환위기를 불러왔다고 외치는 기성세대의 프레임 씌우기와 도서대여점 산업의 발달, 수능 제도의 압박감 속에서 젊은 세대의 독서는 잠깐 시간을 투자하는 도서 대여로 집중될 수밖에 없었습니다.

여기서 주목해야 할 것은 도서 대여료 700원의 가치입니다. 자본주의 사회는 거래 가능한 대상에게 자본적 가치를 매기고,

그것을 통해 평가하지요. 그럼 이 700원은 어디에 가치가 매겨진 걸까요? 이 책을 쓴 작가의 원고료일까요? 그렇지 않습니다. 작가는 원고료에 해당하는 인세를 책의 판매 부수로만 정산받기 때문에, 돈을 버는 건 도서대여점에 책이 공급되는 순간뿐이거든요. 그럼 책에 대한 소유권일까요? 그렇지 않습니다. 3박 4일 정도에 불과했던 소설 대여 기간을 생각하면 독자에게 책이란 평생 존재하는 것이 아니라 휘발되는 대상이거든요.

결국 700원은 도서대여점이라는 거대한 산업과 시스템에 지불한 대가이며, 그 시스템의 부산물이 재미있기를 바라며 지불한 것입니다. 이는 웹소설이 만들어질 때 그대로 이어집니다. '소장권'과 '대여권'으로 구분해 웹소설이나 웹툰의 가치를 매기는 것도 이러한 도서대여점 산업과 시스템이 그대로 연결된 것이지요. 웹소설은 웹이라는 유통망에서 장르문학을 거래하는 것이고, 장르문학은 이처럼 재미를 위해 10여 년 동안 문법을 다듬어온 만큼, 장르문학을 계승하며 시작된 웹소설 텍스트 역시 재미를 추구하는 방향으로 발전한 것입니다.

이러한 웹소설의 근간을 설명하니 "웹소설이란 이렇습니다"라고 일방적으로 설명하는 것보다 교육생들에게 공감과 납득을 이끌어내기가 쉬웠습니다. 그리고 이를 이해한 사람들은 웹소설이라는 개념을 보다 폭넓게 받아들이고 웹소설의 재미를 빠르게 인정하며 쉽게 습득할 수 있었지요. 저는 이러한 이론을 수업 초반부에 세 강에 걸쳐 고밀도로 눌러 담았습니다.

제가 실질적으로 글쓰기 방법을 가르치는 건 4강부터인데, 주제는 '웹소설 제목은 왜 그렇게 지었을까?'입니다. 여러분도 웹서핑을 하다 보면 "요즘 웹소설 제목 수준"이라고 하면서 「나 혼자만 레벨업」이나 「주인공이 힘을 숨김」, 「축구를 너무 잘함」 같은 예시를 본 적이 있을 겁니다. 사실 이들은 비아냥이 아니라 훌륭하게 설계된 웹소설 사례로 꼽혀야 하는 것들입니다. 그렇다면 왜 저런 제목들이 인터넷 유머 게시판 같은 곳에서 회자될까요? 웹소설 제목이 저런 식으로 발달한 이유를 대중은 잘 모르기 때문이지요.

웹소설 작품 제목의 트렌드가 형성된 이유와 의미를 장르문학의 역사와 잇는 과정은 예술 교육과 기술 교육의 지도 그리기가 본격적으로 꽃피는 구간이라 할 수 있습니다.

웹소설 제목은
왜 그렇게 지었을까?

　최근 유머 게시판을 보다 보면 웹소설 제목을 소재로 한 글을 종종 만납니다. 「주인공이 힘을 숨김」부터 「주인공이 힘을 숨기지 않음」이나, 「템빨」과 「컨빨」을 나란히 두고 세기의 대결이라는 내용까지…. 단순하고 노골적인 웹소설 제목은 웹소설 시장 바깥 사람이 보기엔 웃길 수밖에 없습니다. 그런데 사실 웹소설 제목은 전략적으로 설계된 것이며, 웹소설 연재시 상업적인 성공 여부를 결정하는 핵심 요소입니다. 이것을 이해하기 위해서는 앞서 이야기한 장르의 개념과 웹소설 플랫폼의 디자인에 대해 우선 이해할 필요가 있습니다.

　웹소설의 원류인 장르문학은 PC통신 발달과 함께 유행하기 시작했습니다. 그때까지는 한국에서 기존 장르가 제대로 자리 잡지 못했던 탓에 판타지, SF, 로맨스 정도의 근대적이고 느슨한 장르 구분만으로도 다른 콘텐츠와의 변별력이 충분했습니다. 그러나 도서대여점 유통망을 통한 양적 판매의 증가는 작품을 구분하기 위해 작은 차이까지 표기하게끔 했습니다. 판타지는 게임 판타지, 현대 판타지(어반 판타지) 같은 식으로 명칭이 세분화되었고, 웹소설 시대가 열린 후 작품 수가 폭발하더니 회귀물, 빙의물, 환생물, 사이다물, 갑질물, 아카데미물, 대체역사물, 레이드물, 헌터물, 요리물, 전문가물 등 다양한 방식으로 분화됐지요.

앞 페이지 예시의 모든 작품은 환상성을 기반으로 판타지라는 장르에 포함할 수 있겠지만, 뒤집어 이야기하면 판타지는 어떤 작품에 대해서도 설명하지 않는 셈입니다. 그러나 웹 브라우저 시절부터 20여 년 넘게 고착화된 장르에 대한 인식과 플랫폼 검색 시스템으로 이러한 정보값을 세분화하긴 쉽지 않았습니다.

웹소설 작품을 읽는다는 것은 작가가 운영하는 개별 게시판에 접속해 게시글을 구독한 뒤에야 가능했으니까요. 이러한 게시글을 그때그때 변모하는 장르의 이름으로 구분해 묶다 보면 플랫폼은 단숨에 난잡해질 것입니다. 결국 플랫폼 디자인은 직관적인 정보를 제공하고 개별 작품을 확실하게 구분해 보여주기 위해서라도 보수적일 수밖에 없었지요. 이 과정에서 독자들은 작품에 관한 구체적 정보를 제공받길 원했고 작가 역시 독자에게 자기 작품에 관한 설명을 구체적으로 전달할 수 있길 원했습니다. 이렇게 저자와 독자 간의 의견이 합치된 결과가 지금과 같은 제목의 형태였습니다.

그럼 제목을 이렇게 만드는 게 상업적인 효과가 있을까요? 하철승의 논문인 「웹소설 구독 행태 분석을 통한 성공적 연재 방안 제언」((사)아시아문화학술원, 2020)에서는 웹소설 연재 플랫폼 '문피아'의 독자와 전문 작가 들이 소설의 어떤 요소를 보고 웹소설 구독을 결정하는지 분석했습니다. 독자를 유인하는 첫 번째 핵심 요소는 조회수(인기도)이며, 두 번째는 제목이었습니다. 그러나 조회수는 연재를 거듭할수록 누적되는 사후 지표라는 걸 감안하면, 연재가 이루어지기 전 창작자의 작업물로 독자들에게 어필할 수 있는 가장 주요한 지표는 제목임을 추론할 수 있습니다.

단순해 보이는 제목에는 어떤 비밀이 숨어 있기에 독자를 유인하는 핵심 요소로 작용할까요? 웹소설 제목은 테마와 패턴을 설명하는 한 줄의 카피라이팅이자 로그라인입니다. 잘 만들어진 제목은 인물의 능력, 특성, 작품의 설정, 장르, 무대, 세계관 등을 한번에 설명합니다. 창작자들 사이에서는 흔히 "한 줄로 작품을 설명할 수 없다면 자기 작품의 세일즈포인트를 이해하지 못하는 것이다"라고 말합니다. 그렇게 정리된 한 줄이 제목이 되는 것이지요.

웹소설 제목을 설명할 때 중등교육 과정에서 이야기하는 소설 구성의 3요소를 가지고 옵니다. 기억을 되새겨보세요. 소설의 3요소는 주제, 구성, 문체지요. 그리고 소설 구성의 3요소는 인물, 사건, 배경이지요. 이걸 웹소설 제목에 맞춰 수정하면 이렇게 나눌 수 있을 겁니다. 캐릭터, 능력(플롯의 핵심 요소), 세계관(장르)으로 말이지요.

'캐릭터'는 보통 이 소설에서 주인공 캐릭터가 어떤 사람인지, 어느 정도 위치에 있는지, 특징이 무엇인지 등 소설 바깥의 독자가 캐릭터를 보며 어떤 방식으로 독해하는지를 나타내는 지표입니다. 대부분의 웹소설에서는 주인공의 시점을 '나'라는 1인칭으로 표기하거나 '주인공' 같은 범용적 용어로 표현하며 심지어는 생략하는 경우도 많습니다. 이는 독자와 작가가 공감대를 얻기 위해 보편적인 인간을 주인공으로 내세운 경우입니다. 「나 혼자만 레벨업」을 예로 들어보지요. 이 세상은 금수저, 은수저 등 수저 계급에 대한 이야기가 있을 정도로 계층 이동이 힘들단 인식이 보편적입니다. 그런 세상에서 가난하고 백 없는 '나'는 불행하다는 시대정신이 떠돌고 있지요. 그런데 나에게 특정 행동을 반복하면 신체와 세계의 질서를 넘어설 수 있는 신비한 능력이 생긴다면 어떨까요? 이처럼 '나'라는 주인공은 소설 바깥에 존재하는 독자의 욕망과 캐릭터의 욕망을 일체화한 후 이를 실현함으로써 독자가 대리 만족하는 경우가 많습니다.

주인공의 시점을 1인칭이 아니라 3인칭 고유명사나 특정 지위, 또는 장르적 밈으로 설계한 경우도 많습니다. 이런 방식은 독자에게 장르적 문법을 상기시키고, 그러한 코드에 아이러니한 상황을 결합함으로써 끊임없이 장르를 파괴하고 재생산하는 재미를 전달합니다. 이를테면 「천마님 안마하신다」나 「아기는 악당을 키운다」 같은 제목이 그런 경향의 소설이라고 할 수 있지요. '천마'나 '아기' 같은 특정 장르의 요소와 밈을 제목에 내세울 경우, 독자들은 이 코드에 담긴 이미지를 자동적으로 연상해냅니다. 그런데 연상했던 서사가 아닌 비틀리고 뒤집힌 사건 전개 요소로 '안마'나 '악당'을 결합함으로써 재미를 주는 것이지요. 이처럼 캐릭터를 누구로 설정하느냐에 따라 독자들은 소설의 재미를 어떤 방식으로 독해해야 하는지 무의식중에 인식하며 독서를 시작하게 됩니다.

두 번째 요소인 '능력'은 주인공이 퀘스트를 마주했을 때 어떻게 극복할 것인지를 알려주는데, 사건이 어떤 구조로 전개될 것인지 독자들의 기대감을 증폭시키는 역할을 합니다. 기대감은 무척 중요합니다. 독자들이 이야기의 답답한 사건과 고난을 견딜 수 있는 까닭은, 주인공이 답답함을 어떤 방식으로 해소해줄 것인지 알고 있기 때문입니다. 장르에 따라 속도가 빠르거나 느린 정도의 변주는 있겠으나, 다가올 쾌감을 생각하며 답답함을 즐길 수 있게 되는 것입니다. 그렇기에 제목으로 관심 끌기는 '캐릭터'나 '장르'보다 '능력'이라는 요소에서 발현되는 경우가 많습니다.

이 기대감은 제목을 만들 때 외에도 '절단마공'이라 불리는, 다음 편을 궁금하게 만드는 데에 무척 중요하게 작용합니다. 많은 작가 지망생은 다음 이야기에 대해 힌트를 주지 않으면 독자가 궁금해할 것이라고 착각합니다. 하지만 다음 편을 궁금하게 만드는 건 정보가 없기 때문이 아닙니다. 뚜렷한 정보가 있기 때문입니다.

저는 이를 설명하기 위해 '파병 군인의 복귀 후 상봉'이라는 영상물을 예로 들곤 합니다. 시작은 이렇습니다. 치어리더 복장을 한 여자 뒤로 몰래 다가가는 군인의 모습이 보입니다. 우리에게는 그와 관련해 아무런 정보도 없습니다. 그 뒤에는 끔찍한 사건이 벌어질 수도 있고, 두 사람이 친구일 수도 있고, 아무 일이 벌어지지 않을 수도 있지요. 그런데 이 장면 앞에 정보를 하나 추가하면 어떨까요? 다가가고 있는 군인은 치어리더의 아버지이며, 초등학교 6학년이었던 딸은 파병 간 아버지를 응원하기 위해 중학교 진학 후 치어리딩을 배우기 시작한 것입니다. 아버지는 3년 만에 집으로 돌아왔고, 영문도 모른 채 농구 코트에서 치어리딩을 하고 있는 딸이 1분 뒤 뒤돌아보는 동작을 할 때까지 기다리고 있는 겁니다. 이 정보를 얻은 시청자들은 딸이 아버지를 보고 감동해 달려와 그를 껴안고 펑펑 우는 장면을 기대할 겁니다. 아버지 역시 딸을 끌어안고 펑펑 울지도 모르지요. 그리고 그 장면이 실현되는 순간, 그 모습이 얼마나 아름다운가, 시청자가 기대한 것보다 더 훌륭한 보상이 있는가 하는 지점이 좋은 영상물인지를 판가름합니다. 웹소설의 기대감 역시 다르지 않습니다. 그리고 이런 기대감을 북돋우는 첫 번째 요소가 웹소설의 제목이지요.

재미있는 건 남성향 판타지 소설과 여성향 로맨스판타지·로맨스 소설은 이 능력을 다루는 방식에 차이가 난다는 점입니다. 남성향 소설에서 능력은 철저하게 주인공의 사건 해결 서사와 관련되어 있습니다. 주인공이 어떻게 하면 뛰어난 능력으로 위기를 극복하고 성장해 결말에 도달할 수 있을지 잘게 나누어진 패턴이 제목으로 구현됩니다. 예를 들어 「전생 보는 매니저」나 「천재 타자가 강속구를 숨김」, 「축구를 너무 잘함」 등의 작품 제목은 주인공이 겪게 될 많은 일을 어떻게 극복할 것인지 정확하게 알려줍니다.

여성향 소설에서도 주인공이 어떻게 시련을 극복하고 이겨낼 것인가? 하는 질문에 대답하긴 합니다만, 거기에 주요 캐릭터와 주인공의 관계가 어떻게 이어질 것인지 질문과 답변이 덧붙게 됩니다. 「아기는 악당을 키운다」 같은 작품 제목을 보면 '키운다'라는 행위는 주인공이 자신에게 닥친 위기를 극복하는 방법인 동시에 '악당'이라고 표기된 캐릭터들과 어떻게 관계를 맺는지에 관한 방법을 나타내기도 하니까요.

세 번째 요소는 '세계관' 혹은 장르입니다. 앞서 장르란 소비의 방식을 뜻한다고 했지요. 그러나 여기서 사용된 장르는 소비 방식 전체가 아닙니다. 그보다는 "이 서사는 웹소설의 무대로 이 정도까지만 사용합니다"라는 설명서에 가깝습니다. 주인공의 최종 목표가 어떤 방식으로 달성될 것인지, 이 작품에서 고구마-사이다 구조를 얼마나 사용할 것인지 등을 제한하지요. 「나 혼자만 레벨업」이라는 제목에서 '레벨업'은 독자로 하여금 자연스럽게 게임 시스템을 떠올리게 하고, 이것이 게임 시스템을 바탕으로 한 헌터물이라는 걸 나타냅니다. 그럼 독자는 주인공이 '헌터' 세계에서 1인자가 되는 이야기를 기대하게 되지요. 「요리의 신」은 셰프 업계의 1인자를, 「전생 보는 매니저」는 엔터테인먼트 세계의 1인자를, 「뽑기로 강해진 SSS급 헌터」 역시도

헌터 세계의 1인자를 기대하며 소설을 읽는 겁니다.

웹소설에서 세계는 가상의 시공간을 이야기한다기보다 무한정 확장할지도 모르는 독자의 욕망을 수습하고 정리하여 상징으로 만들어내는 작은 틀에 더 가깝습니다. 이는 글 후반부에 덧붙여 서술하겠습니다.

자, 이렇게 웹소설 제목의 중요한 세 가지 요소를 확인해보았습니다. 물론 이 세 가지 요소만으로 소설 제목이 완성되는 것은 아닙니다. 여기에는 여러 가지 요소가 더 들어가게 되지요. 잘 만들어진 제목은 소설을 관통하는 주제와 테마, 패턴을 전달합니다. 제목 하나만으로 독자는 소설의 내용을 짐작할 수 있게 되지요. 이러한 기대감 형성으로 독자는 3~4권 분량을 너끈히 결제하며 기대가 이루어지는 순간을 바라게 됩니다.

그렇기에 저는 교육생들에게 소설의 캐릭터나 설정을 만들기 전, 제목부터 만들라고 이야기합니다. 5~6주가량의 수업을 들은 후, 교육생들은 10여 개의 제목을 만들어 오는데, 그중 한 개를 선택해 톱다운 형태로 소설의 설정을 짜고 시놉시스를 쓰기 시작합니다. 제목을 48개나 만들어 온 교육생도 있었는데, 해당 주 차의 수업이 끝났을 때 남아 있는 제목은 하나뿐이었지요. 그러니 여러분도 웹소설을 쓰고 싶거나 웹소설을 제대로 분석하고 싶다면 제목에 대해 다시금 고려해보기 바랍니다. 작가와 독자는 웹소설 제목을 통해 생각보다 많은 상징을 소통하고 있을 테니까요.

여기까지가 제가 진행한 '웹소설 창작 실습' 수업 6주 차까지의 과정이며, 웹소설 창작 전 진행하는 이론 수업입니다. 7주 차부터 강의가 끝나는 15주 차까지는 '웹소설 창작' 수업을 진행합니다.

웹소설의 충격을
감각적으로 조형하기

처음 웹소설을 읽었을 때, 어떤 느낌이었나요? 저는 충격이었습니다. 장르문학뿐만 아니라 웹소설이 자리 잡는 과정에서 과도기를 경험했습니다. 2013년 '네이버웹소설' 공모전에도 참가했고, 이후에도 꾸준히 작품을 읽었지요. 하지만 이때 만들어진 작품을 지금의 웹소설 범주에 넣긴 어려울 것입니다. 처음으로 제대로 된 웹소설이 나왔다고 느낀 건 2015~2016년이었습니다. 「마왕의 게임」이나 「요리의 신」, 「환생좌」를 비롯해 수많은 웹소설 고전이 연재되기 시작했을 때, 작품 하나하나가 충격으로 다가왔지요.

앞서 6주 차까지 이론적 배경과 웹소설의 틀, 패턴을 학습한다고 했는데요. 여기까지는 웹소설을 읽어본 적이 없어도 웹소설을 학문으로 익힐 수 있습니다. 하지만 이후 웹소설 구조와 틀을 만들기 위해선 이런 정보값의 구현으로 웹소설이 어떤 형태를 갖추고 있는지 감각적으로 알 수 있어야 합니다.

제가 만난 웹소설 교육자들은 이를 다양한 형태로 설명했습니다. 자신의 욕망과 취향을 마주해야 한다거나, 인기 웹소설의 재미를 내면화해야 한다거나, 대중의 욕망에 취할 수 있어야 한다 등이었지요.

대부분은 수많은 작품을 읽으라고 했지만, 저는 독서에서 답을 찾진 않았습니다. 독서가 중요하지 않다기보다 창작 실습 수업에서 독서까지 수용하기 어렵다는 뜻입니다. 웹소설 교육을 학과 단위에서 유익한 시스템으로 정착시키기 위해선 쓰기와 읽기 수업이 체계적으로 분리되어야 합니다. 그러나 대다수의 웹소설 관련 학과나 교육은 이러한 분리가 잘 이루어지지 않고 있습니다. 쓰기 수업에서 좋은 웹소설을 읽고, 읽기 수업에서 기획서를 쓰거나 웹소설 시놉시스를 만들길 반복하지요.

많은 대학 과정에서 독서와 창작을 한 커리큘럼에 욱여넣는 수업을 '곡예'라고 하는 것도 같은 맥락입니다. 한 명의 교육자가 스무 명의 교육생과 한 과목을 15주 동안 이끌어가기 위해선 많은 노력이 필요합니다. 그런데 한 과목도 아니고 웹소설 전체의 개론형 수업을 교재도, 커리큘럼도 없이 끌고 가는 경우가 대다수지요. 웹소설과 관련된 논문이나 개론도 없는 상황에서 개개인이 개척자가 되어야 하는 지금, 대학 단위나 웹소설 학계가 이론을 이끌어가지 않으니 교육자 개인의 역량에 과목 운영을 맡길 수밖에 없는 실정입니다.

처음 대학에 들어온 강사들은 이러한 흐름을 잘 보지 못합니다. 무엇보다 웹소설에서 세분화된 요소로 15주 차 분량의 수업을 구성하는 걸 어려워합니다. 특정 장르, 특정 연출, 특정 소재 등을 전공해본 적이 없고, '대학'이라는 공간에서 강의해본 적도 없으면 당연한 일입니다.

그렇다 보니 결국 대부분은 웹소설 강의가 아니라 대중 인문학에서 주로 사용하는 특강의 형태, 한 명의 강사가 웹소설 전체를 이야기하는 곡예가 될 수밖에 없고, 그것은 강사 개인에게는 성공일 수 있겠지만 대학 단위에서는 교육을 망치는 주범입니다. 학생들은 그 수업만 듣고 마는 것이 아니라 3년 동안 커리큘럼에 따라 관련 교육을 총체적으로 받습니다. 생각해보세요. 1학년 때 웹소설 개론 수업을 들은 학생이 2~3학년 때 오리엔테이션 수업에서 웹소설이 무엇인지 또 듣고 있는 모습을요. 웹소설 장르나 연출, 개론에 대한 수업을 1학년 때 듣고 장르의 고전을 2학년 때 다시금 듣는 모습을요. 과장된 이야기 같겠지만 실제로 많은 대학에서 벌어지는 일입니다. 심지어 학기 단위로 똑같은 수업을 반복하거나, 다른 수업에서 같은 이야기를 반복하기도 하지요.

이것은 대학이라는 공간의 제도적 문제 때문이기도 합니다. 대학 커리큘럼은 대부분 방학 중에 강사 주도로 이루어집니다. 강사들은 커리큘럼을 짤 때 학생들의 역량이 어느 정도인지, 어떤 커리큘럼으로 수업을 받았는지 파악할 수 없는 경우가 많습니다. 그런 상황에서 중복된 커리큘럼을 교육하지 않기 위해서는 교육 시스템을 완비한 컨트롤타워가 역량 있는 사람을 제 공간에 배치해야만 합니다. 그러나 앞서 말했듯 웹소설은 세부 요소와 커리큘럼에 대한 설계와 검증이 이루어진 적이 없습니다.

이런 문제를 몇몇 대학이나 강사에게 제기했다가 다양한 관점과 연구에 대해 듣는 일은 가치가 있으니 커리큘럼 자체는 무의미하지 않다는 반론을 들은 적이 있습니다. 그러나 그건 대학이라는 공간과 커리큘럼을 무시하는 이야기입니다. 전공 과목은 필요성에 의해 설계된 것인데 모든 사람이 똑같은 커리큘럼으로 각자의 자의식에 맞춰 곡예만 하고 있으면, 강사의 능력이 미치지 못하는 과목은 제대로 가르치지 못한 채 학생들에게 완성되지 못한 지식만 전달할 뿐이니까요.

대부분의 웹소설학과는 웹소설 창작을 중심으로 커리큘럼을 설계합니다. 웹소설 작가 양성을 위해선 웹소설 쓰기에 대한 교육이 선행할 수밖에 없지요. 그렇기 때문에 더더욱 웹소설 교육은 별도의 과목인 '현대 웹소설 강독'이나 '웹소설 트렌드의 이해'와 같은 형태로 개설되어야 합니다. 교육자들이 '창작'이라는 틀 바깥에서 웹소설을 온전히 읽는 방법을 이해시키고, 감각적으로 알 수 있게 하기 위해서입니다.

그럼 웹소설을 감각적으로 이해하는 방법이란 무엇일까요? 저는 그 방법을 로즈메리 잭슨Rosemary Jackson이 이야기한 환상문학 비평 이론에서 찾았습니다. 한국의 장르 판타지를 이야기하기엔 좀 오래된 틀이긴 하지만, 그래도 여전히 유효한 시사점을 보여줍니다. 그 이론에 따르면 환상문학에서 구현된 환상은 완전히 새로운 창조물이 아니라 이 세계에 만연해 있지만 우리가 볼 수 없었고un seen 말할 수 없었던un said 대상을 비틀어 은유적으로 조형해낸 문학적 표현이라고 합니다. 우리가 소리 내어 말할 수 없는 스트레스나 우울감, 비애감, 절망감, 좌절감 등을 용이나 드래곤, 절대적인 빌런 등으로 조형해낸 후 압도적인 능력의 초능력자가 그를 무찌르는 내용처럼 말이지요.

웹소설의 비평이나 욕망이 대리 만족으로 연결되는 것도 이 같은 까닭입니다. 새로운 이야기, 소설에만 존재하는 이야기가 아니라 환상이 현실을 비틀어서 '나에게도 이런 기회가 있었으면 좋겠다' 하는 식으로 독자가 간직했던 욕망을 드러내기 때문입니다. 처음 웹소설을 창작하는 학생은 바로 이 순간 자기 안에 숨어 있던 욕망을 마주하는 경우가 많습니다.

저는 이러한 욕망이 좀 더 구체적으로 드러날 수 있도록 하기 위해서 세계관이라는 틀을 제시합니다. 세계관은 세계나 소재만을 뜻하지 않습니다. 이것은 구축된 세계에서 살아가는 사람들의 관념과 인식을 포함합니다. 나아가 독자가 이 세계의 이야기를 읽기 위해 믿어야 하는 요소도 포함하지요.

앞서 웹소설 제목의 3요소를 이야기하며 웹소설의 장르이자 세계는 작품의 내용이 펼쳐질 무대라고 했지요. 양치기자리의 소설 「요리의 신」에서 주인공의 활동 무대는 요리라는 틀에서 벗어나지 않습니다. 주인공은 업계에서 존경받는 요리사가 되는 것이 목표이고, 이 세계에서 인정받으면 전 세계에서 인정받는 것과 다름없게 되지요. 실제로 「요리의 신」에서 주인공은 요리사로 성공하며 미국 대통령까지 만나 인정받습니다. 또 다른 예시를 들어보지요. 비벗의 「역주행 밴드 2회차」는 밴드라는 단어에서 알 수 있듯 음악이라는 무대에서 주인공이 활약합니다. 주인공은 프로스트라는 밴드를 통해 반전 메시지를 전 세계에 전하며 결국 〈타임〉지가 선정한 올해의 인물에까지 등극합니다.

두 작품에서 알 수 있듯 소설의 무대는 세계와 동일합니다. 그러나 우리는 유명 요리사가 되는 것만으로 세계를 바꿀 수 없고, 유명 밴드가 되는 것만으로 세계의 미움과 증오를 없앨 수 없다는 걸 알고 있지요. 이처럼 웹소설의 세계는 현실 세계를 조작해 주인공의 능력만으로 모든 것이 바뀔 수 있는 허술한 시뮬라크르simulacre인 셈입니다. 저는 이렇게 조작해 다운그레이드된 세계를 '필드Field'라고 부릅니다.

그런데 필드에는 역설이 숨어 있습니다. 주인공이 초능력으로 높은 계급을 성취하고, 성장하여 세상의 모든 것을 좌지우지할 수 있게 된다는 것은 성장하지 못하고, 계급이 낮으며, 비정상적이고 신적인 능력을 발휘하지 못하는 일반인은 세계를 균열시키기 위한 그 어떤 목소리나 몸짓도 불가능하다는 제한이 따라붙거든요. 독자들은 이런 구조가 필드로 재현된 걸 발견하는 순간, 자신이 속한 현대사회의 보이지 않는 계급이 무엇인지, 그 속에서 내가 욕망하는 것이 무엇인지 마주하게 됩니다.

RPG 게임을 시작했다고 생각하면 쉽게 이해할 수 있습니다. '레벨 1'의 노비스는 스킬도 없고 능력치도 형편없습니다. 갖출 수 있는 장비도 제한적이죠. 하지만 '레벨 10'을 달성하고 검사로 전직한다면 할 수 있는 일이 많아질 것입니다. 검이나 방패, 갑옷도 장비할 수 있지요. 검사의 스킬을 쓸 수 있고, 이러한 능력을 바탕으로 더 많은 몬스터를 사냥할 수 있습니다.

캐릭터의 직업이 보여주는 할 수 있음, 할 수 없음의 구조는 게임의 세계관에 내재된 법칙입니다. 그렇기에 많은 소설의 '프롤로그'에서 캐릭터는 '내가 F급이기 때문에 가난하게 살고 힘없는 천민이 되어 사회에서 소외될 수밖에 없다'는 메시지를 끊임없이 던집니다. 그리고 점차 S급, 또는 그 이상의 초월적 존재가 되어 모든 것을 손에 넣게 되지요.

대표적인 사례가 웹소설 제목에 자주 등장하는 S급, SS급, SSS급, F급 등의 계급 명칭입니다. 웹소설의 고전 「나는 귀족이다」를 살펴볼까요? 이 소설은 직업과 특기, 자신의 능력에 따라 사람들이 계급화되는 사회를 그리고 있습니다. 중세 계급인 '귀족'이나 '천민'처럼 말이지요. 이러한 세계에서 사람들은, 그리고 캐릭터가 보유한 초능력은 끊임없이 구분되어 계급이 매겨지고, 할 수 있는 것과 할 수 없는 것이 나뉩니다. 그리고 사람들은 웹소설 작품을 소비하면서 능력에 따라 계급이 나뉘는 세계를 정당하다고, 개연성 있다고 받아들이게 되지요.

그리고 독자는 이러한 세계에서 주인공인 '나'가 어떤 존재인지 묻고 답하며 자신의 욕망과 마주합니다. 소설에서 주인공이 능력을 드러내는 방식은 다양합니다. 천재적인 능력을 통해 우월함을 증명하는 사람, 보편적인 질서와 규칙 바깥에 위치하는 초월적 존재의 도움을 받는 사람, 게임에서나 볼 법한 시스템 창이나 성좌의 조력을 얻어 노력에 비해 과도하게 힘을 얻는 사람, 회귀·빙의·환생 등의 요소를 통해 미래의 지식이나 정보를 얻어 우월한 지식 권력을 획득한 사람 등등 말이지요.

물론 제 수업의 수강생이나 이 책의 독자 중에선 S급이니 뭐니 하는 계급적 명칭이 낯선 탓에 앞의 욕망 자체를 납득하지 못하는 분도 많을 겁니다. 이런 용어가 어떻게 만들어졌는지 제대로 알지 못하는 상태에서는 세계의 구조와 계급을 이해하기 어렵습니다. 헌터물이나 레이드물처럼 환상적인 특징이 강조된 작품은 그나마 계급 구조가 선명하게 보이는 편이지만, 현대의 직업을 다루는 전문직물이나 일상의 생활을 덤덤하게 그린 일상물의 경우 계급 격차나 구조가 은폐된 경우도 많거든요.

그렇기에 저는 수업에서 의도적으로 필드를, 필드 안에서 은폐된 계급을 예각화하여 강조합니다. 예를 들어 대학교와 교수 사회를 무대로 한 소설이 있다고 합시다. 그럴 때 작가는 대학교수의 직급을 중세 귀족사회의 오등작처럼 뚜렷하게 계급화합니다. 시간 강사는 비천하고 가난한 사람인 것처럼 강조하고, 대학 정교수, 그리고 총장이나 부총장, 이사회 등은 이 사회를 좌지우지하는 권력으로 묘사하는 방식으로요.

6주 차 수업이 자신이 알고 있는 웹소설 기호를 나열하고 조합함으로써 새로운 아이러니를 탄생시키는 과정이었다면, 7~8주 차는 그러한 세계가 어떻게 웹소설적인 세계로 변화될 수 있을지 고민하고, 그 과정을 통해 자신의 욕망을 체험하는 순간이라고 할 수 있습니다. 여기까지 진행되었을 때, 많은 작가 지망생은 웹소설이 무엇인지, 이러한 웹소설이 무엇을 할 수 있을지 알게 됩니다. 학생들은 남은 8주 동안 웹소설 10편의 원고를 만들고 다양한 업체에 투고합니다. 참고로 2021년 2학기 '웹소설 창작 실습 2' 수업을 통해 최종 웹소설 과제를 제출한 25명의 학생 중 22명의 학생이 '판시아', '디앤씨미디어', 'JC미디어', '엠스토리허브' 등 좋은 웹소설 에이전시들과 성공적으로 계약을 맺었습니다.

저는 이제 그다음을 고민합니다. 제가 가르친 건 어디까지나 웹소설을 구현하기 위한 기술적인 부분입니다. 학생들에게 웹소설 세계가 무엇인지 원초적인 감각을 체감시키는 것이었습니다. 그렇다면 대학은 창작 기술을 배운 학생들에게 커리큘럼을 어떤 방향으로 확장시켜줘야 할까요?

사설 교육기관의 수많은 웹소설 교육은 한 명의 작가를 양성해 시장으로의 통로를 매개하는 것으로 끝맺음하지만, 대학이라는 공간은 일정 기간 다면적인 교육이 끊임없이 이루어지니까요. 한 권 분량의 웹소설을 창작하기 위한 기술 교육을 끝내고 데뷔시키는 것은 단일 수업으로 짧으면 6개월, 길면 9개월이면 충분했습니다. 대학원 단위의 웹소설 교육도 최소 2년 과정입니다. 2학기 분량의 6학점짜리 수업 외에 판타지나 무협, SF 등 오타쿠 데이터베이스를 교육하는 것에서 그친다면, 그건 대학의 교육으로서 가치를 얻기 힘들 겁니다.

고전적이고 고리타분할 수 있는 얘기지만, 그렇기 때문에 비평이 의미를 지니고 부상하게 됩니다. 웹소설을 통해 창작자와 소비자가 자신의 욕망을 알 수 있다면 그 기능은 무엇인지, 그래서 웹소설과 장르의 다음을 상상하게 하는 힘은 무엇이고 그 도달점에는 무엇이 있는지 꾸준히 질문하는 힘을 길러야 하지요. 장르가 장르라는 한계에서 벗어나, 장르가 있기 때문에 장르를 쓸 수 있고 부술 수도 있다는 명제를 확인하기 위해서는, 장르를 인식하고 그 바깥에서 메타적으로 인지하는 시각을 길러야 합니다.

웹소설은 사회 비평이
될 수 있을까?

앞서 웹소설의 세계는 비가시적인 세계를 가시적인 세계로 끌어오기 위해 은폐된 계급 구조를 적나라하게 예각화한다고 말씀드렸지요. 이 글을 칼럼으로 연재하던 당시 현실과의 연결에 대해 소셜미디어에서 많은 분이 우려를 표했습니다. 그들은 계급 구조를 재생산하고 당연한 것처럼 의식에 녹여낸다며, 이 지점이 웹소설의 단점이자 위험성이라고 지적했습니다. 이건 웹소설에 대한 전형적인 비평이기도 합니다. 하지만 저는 그 주장에 동의하지 않습니다. 이러한 지적에는 독자가 무비판적으로 웹소설을 소비한다는 전제가 깔려 있거든요.

이렇게 생각해볼까요? 웹소설 독자는 다른 소비자처럼 자신이 지불한 콘텐츠값 100원을 소중히 하며 댓글로 작가와 소통합니다. 그 기저에는 '좋은 웹소설이란 무엇인가?'에 대한 질문이 깔려 있고, 좋은 웹소설은 대중의 욕망에 부합한다는 것을 알 수 있지요. 웹소설은 이러한 댓글을 통해 많은 제약과 비평 가운데 있는 콘텐츠입니다. 독자들은 자신이 원하는 서사의 내용이나 틀, 주제나 결말이 아니면 미시적인 요소에 대해서도 반발하고 악플을 달거든요. 이처럼 작가와 독자의 거리가 가깝다는 사실은 '독자들이 특정 이데올로기를 내면화하게 만들고 계도시킨다'는 소셜미디어에서의 지적과 충돌합니다. 작가의 메시지가 독자에게 전달되어 독자를 변화시키느냐, 독자의 거대한 집단적 요구가 작가로 하여금 기계적인 창작을 하게 만드느냐. 이 이중적인 구속에서 웹소설은 정체성을 찾지 못한 채 일그러집니다.

이런 비평이 나오는 이유는 크게 두 가지가 있습니다. 하나는 웹소설 독자가 단발적인 기호의 독해를 시작했기 때문입니다. 여러분도 알다시피 웹소설 독자는 '책'이라는 자기 완결적 구조에 얽매이지 않습니다. 장편의 서사는 끊임없이 분절되고 독자는 편당 결제 여부를 결정해 소설을 구매함으로써 소설의 수명을 연장시키거나, '하차합니다'라는 댓글과 함께 감소시키지요. 다른 하나로는 웹소설의 물리적인 독서 시간을 들 수 있습니다. 실시간 연재되는 웹소설 한 권 분량을 따라가기 위해선 대략 25일이 걸립니다. 하루에 1편 연재가 보편적이기 때문이지요. 그렇다 보니 웹소설 시장에서 독자는 끝없이 분절되고 지연된 이야기를 거시적인 시각으로 쫓아 이해하기보단 한 편으로 구성된 작은 단위의 소재와 코드의 과잉 해석에 골몰할 수밖에 없습니다.

소설에 구현된 작은 기호나 문장의 과도한 해석으로 싸움이 난 팬덤의 사례는 소셜미디어에서 종종 발견하게 됩니다. 캐릭터의 몇 줄 대사나 세계의 세팅을 통해 작가의 세계 인식과 이 세계가 재현하려는 일상이 현실 세계를 오염시킬 거라고 하죠. 하지만 이건 소설을 독해하는 방식이 아닙니다. 현실을 고통의 대상으로 남겨둔 채 현실의 안티 테제로서 반사회적이고 허무맹랑한 공상 세계인 유토피아를 웹소설에 바랐던 독자의 강박적인 해석입니다. 웹소설 한 편에 담긴 요소가 독자의 소비를 중단시킬 순 있으나, 그것이 소설의 주제 의식과 메시지, 작가의 윤리관을 대변하진 않습니다. 고전적 의미의 서사에서 중요한 건 인물과 사건의 결합과 그로 인해 촉발된 변화였습니다. 소설에서 구현된 인물과 대사, 그리고 사건이 흘러갈수록 초반에 작가가 제시한 세계가 궁극적으로는 회복되거나 변화될 것이라고 믿는 것, 그 변화의 과정을 지켜보는 것이 독해인데, 단발적 독해의 세상에선 이런 믿음이 사라지고 있지요.

이런 독해가 무조건 잘못되었다는 건 아닙니다. 100원과 분절된 웹소설 구매 구조로 이야기를 시작했듯, 이것은 웹소설 시장 구조와 매체 특성상 자연스럽게 변모한 독서 형태이니까요. 다만 중요한 건 그다음 독해로 나아갈 수 있도록 비평과 큐레이션이 갖춰졌느냐 하는 것입니다. 그리고 이러한 이야기를 끌어낼 수 있는 건 결국 앞선 글 마무리에서 이야기했던 비평의 존재겠지요. 그렇기에 저는 비평가들이 웹소설 구조의 폭력성이나 계급주의적 성향을 비평한 후, 손쉽게 좋은 웹소설을 써야 한다고 말하며 웹소설 창작자에게 모든 책임을 돌리는 안일함이 싫습니다. 대중 콘텐츠 소비자는 멍청하다는 시선으로 그들이 읽어내지 못했으리라 생각하며 다양한 철학적·사회학적 이론으로 해석의 빈자리를 채워넣고 의미화함으로써 젠체하는 근대 계몽주의적 방식은 이제 어디에서도 찾지 않는 비평이 되었습니다. 비평과 큐레이션은 과거의 관점에서 벗어나 새로운 관점을 끊임없이 만들어내는 작업입니다. 그러한 시도는 하지 않은 채 지지부진한 이야기를 반복하는 것이 좋은 비평일까요? 스스로 살아남을 수 있고 확장할 수 있는, 생명력을 가진 비평을 모색해야겠지요.

모든 대상은 누구와 연결되어 어떻게 사용하느냐에 따라 의미가 달라집니다. 여러분이 술자리에서 맥주병을 딸 때 병따개가 없으면 라이터를 사용하거나 숟가락을 사용하는 것처럼요. 이 같은 브리콜라주 방법론이 웹소설과 합쳐질 때 웹소설에 대한 다른 형태의 해석과 가능성을 펼칠 수 있습니다.

물론 이런 이야기를 하면 "웹소설은 유희를 위한 소설인데 이런 노력과 비평이 필요할까요?", "어린아이의 낙서에 과잉된 해석을 붙이는 교수놀음처럼 난센스에 그치지 않을까요?"와 같이 부정적 시각을 드러내는 분도 많습니다. 그런 분에겐 제가 대학에서 수업할 때의 일화를 들려주고 싶습니다. 교육을 하다 보면 교육자가 가지기 쉬운 편견이 부서지는 경험을 합니다. 예를 들면 다음과 같습니다.

"중·고등학교 때 여러분이 삶을 버틸 수 있게 도와준 작품은 무엇인가요?" 이런 질문을 받으면 수많은 작품을 떠올리겠지요. 헤르만 헤세의 『수레바퀴 아래서』나 『데미안』 같은 소설이나 〈죽은 시인의 사회〉, 〈시네마 천국〉 같은 영화를 떠올리는 분도 있을 것입니다. 연령대를 조금 더 낮춰보지요. 20대 후반에서 30대 초반이라면 파울로 코엘료의 『연금술사』를 많이들 떠올릴 겁니다.

연령대를 그보다 낮춰 대학생들에게 비슷한 질문을 하면 꽤 재미있는 대답이 나올 겁니다. J. K. 롤링의 『해리 포터』나 수잔

콜린스의 『헝거 게임』 시리즈를 이야기하는가 하면 전민희의 「룬의 아이들」 시리즈나 싱숑의 「전지적 독자 시점」을 이야기하기도 할 겁니다. 라이트노벨 작품을 이야기하는 사람은 물론 〈메이플 스토리〉 같은 게임이나 유튜버 이름을 이야기하는 사람도 있을 겁니다.

어떤 분은 이런 대답을 들으면 좀 놀랄 겁니다. "세상을 얼마나 좁고 순박하게 바라보기에 〈메이플 스토리〉를 하는 게 자신의 정체성을 지켜주고 삶을 유지하는 동력이라고 이야기하는 거지? 이건 심각한 게임 중독이야!"라며 언성을 높이는 분도 있겠지요. 하지만 저는 이런 대답을 통해 앞서 이야기했던 환상성의 기능이 현대 웹소설에서 재현되고 있으며, 근대 문학이 아주 작은 구조와 틀에 갇혀 있었다는 것을 다시금 깨닫게 됩니다.

1960년대까지 근대 한국 사회에서는 이러한 형태의 문학이 기능했습니다. 사회는 혼란스러웠고, 문학 교과서에서 흔히 볼 수 있는 작품처럼 시대의 병든 사람들을 이야기하는 것으로도 충분했거든요. 그러나 1970년대에 들어오면서 군사 독재 정권, 민주화, 산업화 등의 문제가 얽인 사회는 하나의 주제로 관통해 이야기할 수 없을 정도로 복잡해졌습니다. 그렇다 보니 문학 작품도 다양한 시각과 장면을 엮은 연작 소설이 유행했습니다. 여러분도 잘 아는 『난장이가 쏘아올린 작은 공』, 『아홉 켤레의 구두로 남은 사내』같은 작품 말이지요.

그러나 사회는 이제 그러한 연작 소설로도 다 담지 못할 정도로 고도화·첨단화·글로벌화되었습니다. 청소년들이 거대한 세계 경제의 흐름과 정세를 읽고 그 이유를 단평하기란 쉽지 않지요. 그렇다 보니 모든 상황을 일궈낸 가상의 존재, 적대자가 필요합니다. 『해리 포터』 시리즈의 절대 악인 볼드모트 같은 존재 말이지요. 해리 포터가 자신의 가정, 삶, 세계까지 궁지에 몰아넣은 적과 싸우는 장면을 보며 독자는 자신에게 닥친 어려움도 극복할 수 있다고 믿게 됩니다.

〈메이플 스토리〉 같은 게임도 마찬가지입니다. 몬스터를 해치우는 행위를 '게임을 한다', '괴물을 잡고 레벨 업을 한다'라는 정도로 여길 수도 있겠지만, 나아가 게임 속에서 사람과 교류하고 끊임없이 자기 성장을 추구하는 방식으로 현실의 공부나 어려움을 치유하는 플레이어도 존재할 테니까요. 게임과 장르문학이 우리 사회에서 보편화된 지도 20년이 흘렀습니다. 장편 소설을 읽고 컴퓨터 게임을 하던 아이들은 이제 30~40대가 되었고, 사회생활을 하며 자신이 즐겨왔던 여가 문화가 어떤 의미인지 학문적인 언어로 설명하는 사람들이 늘면서, 이러한 경험치를 가진 사람도 드물지 않게 볼 수 있게 되었습니다.

웹소설 세계는 세계관이나 장르를 넘어 무대입니다. 무대는 사회에서 은폐된 계급 구조를 드러냅니다. 그리고 그 무대에는 이야기를 끌어가는 주인공이 있지요. 웹소설의 서사는 그 구조를 '고구마'와 '사이다'라는 익숙한 이분법 속에서 끊임없이 도구화하여 세계의 불합리함을 독자에게 전달합니다. 대다수의 웹소설 서사는 그 구조를 만들어낸 자본주의 세상이나 현대의 각박한 정서를 부수지 못합니다. 하지만 그중 몇몇 작품은 이런 시도를 통해 우리를 고통스럽게 하는 구조를 문제시하는 데 성공하기도 하지요. 그러나 그런 작품들이 큐레이션을 통해 독자에게 많이 선보이지 못하고 있으니, 웹소설 비평의 중요성을 다시금 실감하게 됩니다.

웹소설에서 구현된 세계는 서브적인 문화이기 때문에 더욱 가치가 있습니다. 만연한 차별과 계급 구조, 영화계에서 은폐되는 범죄, 매니지먼트와 연예계, 팬덤 간 갈등, 웹소설 작가들의 노동 환경과 시장까지 거대한 세상과 정치·경제 이슈에 밀려 콘텐츠 영역의 일이라고 치부했던 것들이 소설의 무대가 되며 수많은 작품으로 구현되었지요. 이제 우리는 세상의 수많은 영역이 얼마나 자본화되었고, 그 속에서 어떤 일이 일어나고 있는지 콘텐츠로 쉽게 접할 수 있습니다.

하루에 한 편이라는 빠른 속도로 창작되는 웹소설은 컬트 영역에서 일어나는 사건·사고와 인식을 즉시 반영해 보여주는 저널리즘 같습니다. 그렇기에 이러한 웹소설의 형태와 기능을 '컬트적 저널리즘'이라고 부릅니다. 우리는 신문 기사만으로 사회가 변할 것이라고 기대하지 않습니다. 육하원칙에 따라 사건을 덤덤하게 나열할 뿐이니까요. 그 사회를 목격하고 그것이 문제라는 걸 깨달은 순간, 우리는 신문을 문제 삼는 것이 아니라 세계를 바꿔야 합니다.

웹소설 비평에 대해 게으르다고 이야기하는 것도 이 같은 까닭입니다. 주인공들이 계급과 권력, 자본 구조를 이용해 자신의 이익을 착취하는 자기 계발적 서사로 귀결되기도 합니다만, 그것이야말로 현대 자본주의 사회의 부조리함을 재현하는, 소설의 문학적인 기능이 아닐까요? 그런데 이러한 이야기를 재현했다는 이유만으로 웹소설이나 여타 대중문화에 비난만 가한다면 결국 아무것도 바뀌지 않을 것입니다.

재미있는 건 웹소설의 컬트적 저널리즘, 그러니까 웹소설의 배경에서 이루어지는 현실 조작은 최근 작품에서 일어난 운동이 아니란 점입니다. 조작 작업의 근원을 찾다 보면, 웹소설 이전의 PC통신과 웹 브라우저에서 유통된 장르문학을 마주하게 됩니다. 그리고 이 시기의 장르문학이 조작했던 현실은 2023년의 모습과 놀랍도록 닮았습니다. 웹소설의 컬트적 저널리즘은 지금을 바라보는 시선인 동시에 미래를 예견하고 경고하는 메시지이기도 한 셈이지요. 이처럼 장르문학은 언제나 자기 자리에서 문학적인 기능을 담당하고 있었습니다. 이것을 읽어낼 방법이 수십 년 동안 지연되고 있었을 뿐이고, 그 여파가 스마트폰 시대에 가시화되고 있을 뿐이지요.

판타지 장르가 보여주는
비평의 가능성

판타지 장르에서 무대와 세계가 어떻게 비평적 기능을 했고, 그것이 지금의 웹소설로 이어졌는지를 설명하기 위해 오랫동안 웹소설에서 애용된 대표 코드부터 이야기하겠습니다. '회귀', '빙의', '환생'이라는 세 가지 코드가 그것입니다. 이 코드들은 고전 판타지 장르에서부터 사용되었으나, 한데 어우러져 유행하기 시작한 건 2017~2018년 전후입니다. 이 세 가지 코드는 다음의 도식처럼 정리할 수 있습니다.

'시공간 A'에 위치한 '인물 C'는 '특정 사건'을 경험하고 '시공간 B'로 넘어갑니다. 여기서 '특정 사건'은 더 이상 나아질 수 없는 절망적 상황을 깨닫고 직면하는 순간으로 표현되곤 합니다. 지친 일상에서 보잘것없고 비루한 능력을 자각하며 트럭에 치이거나 과로사를 하거나, 타인의 폭력으로 죽음을 맞이하지요. 회귀·빙의·환생이란 코드는 각각 구현 방식에 세부적인 차이가 있습니다.

'회귀'는 늙고 병들고 실패 경험이 누적된 신체에서 벗어나 실패를 경험한 적 없는 순수한 육체, 신성한 몸을 회복하는 동시에 미래의 정보값을 알고 이해하는 예언가가 되는 것입니다. 한편 '빙의'는 자신이 읽었던 콘텐츠 속 가능성을 지닌 육체로 들어가 공략법을 알게 됨으로써 선각자가 되는 것이지요. 마지막으로 '환생'은 자신의 경험이 누적된 신체를 벗고 새롭고 순수한 어린아이의 육체로 재탄생하여 소설 속 세계의 질서 법칙으로 설명할 수 없는 초월자가 되는 것입니다. 세 코드의 공통점은 다른 세계로 이동하는 과정에서 캐릭터의 신체와 정신이 분리된다는 점입니다.

이 과정에서 우리는 웹소설 작가와 독자가 몸을 어떻게 바라보는지 엿볼 수 있습니다. 우리의 몸은 오감으로 세상을 파악하고 그것을 통해 다시 세상을 살아가며 경험을 쌓습니다. 그 사람의 인생 이야기는 몸에 새겨진 기록으로서 기억되지요. 웹소설에는 새로운 몸이 있으면 그 몸을 통해 성공의 기억을 쌓을 수 있다는 믿음과 신념이 깔려 있습니다. 세상에 내재한 아름다움은 그것을 평가하는 역량이 있는 사람들과 상호작용할 때 그 존재가 발현되지요.

영화 〈어거스트 러쉬〉 주인공의 활약상을 떠올려보죠. 도심에서 눈을 감고 사방의 소음을 듣던 주인공은 그 안에서 수많은 음과 박자가 교차된다는 사실을 깨닫고는 교향곡을 작곡합니다. 주인공의 미묘하고 신비한 청각과 저의 청각은 본질적으로 다릅니다. 저는 그런 소음을 소음으로만 느꼈을 테니까요.

그런데 여러분은 회귀·빙의·환생이라는 코드 이전에 '이세계 진입'이라는 코드가 존재했다는 사실을 알고 있나요? 한국에선 이렇게 이세계에서의 생활을 구현한 작품군을 '퓨전판타지'라고 불렀습니다. 2000년대 초 퓨전판타지 장르는 지금 보기엔 꽤 어설프고 날것인 감정이 가득합니다. A라는 세계에서 B라는 시공간으로 넘어가는 것에 대한 장르적 문법이 정립되기 전이다 보니, 최근의 경향처럼 신체를 벗어버리고 넘어가는 작품이 있는가 하면, 원래의 신체를 그대로 가져가는 작품까지 다양한 이야기가 섞여 있었거든요. 이런 작품이 얼마나 많았느냐 하면 판타지 작품 중 평범한 고등학생이 이세계로 넘어가 마법적 재능과 능력을 얻어 해당 세계를 망가뜨리는 걸 '이고깽'이라는 멸칭으로 불렸고, 이것이 하위 장르의 이름으로 자리 잡았을 정도입니다.

우리가 주목할 부분은 초기 퓨전판타지에서 공통적으로 나타나는 진입의 목적입니다. 왜 주인공들은 발전된 현대사회를 뒤로한 채 중세, 서양이라는 낯선 시공간으로 넘어가는 것일까요? 그것은 지금 우리가 사는 수많은 세계가 모두를 만족시키지 못하는 결핍된 공간이라는 걸 느꼈기 때문이겠죠. 그들은 현대사회의 대표적인 병폐가 수능 제도와 학벌 문화로부터 비롯되었다고 진단했습니다. 개인의 개성을 탈색하고 대학이라는 공간에서 서열화하는 문화가 이 사회를 병들게 한다는 것이었지요. 퓨전판타지 소설 속 세계는 공부를 잘하는 사람과 못하는 사람으로 나뉘어 계급화되고, 그 안에서 자유로운 개성을 지닌 학생들은 고통받는 경우가 많았습니다. 그들이 정당하게 평가받기 위해선 이러한 제도가 없는 세계로 나아가야 했죠. 1999~2003년에 출간된 소설에선 학벌 스트레스로 인해 이세계로 진입하는 주인공이 종종 등장합니다. 『아린 이야기』, 『사이케델리아』, 『아이리스』, 『노래는 마법이 되어』 같은 작품이 대표적입니다.

그럼 왜 작가들은 이런 진단을 내렸을까요? 첫 번째는 당시

소설을 쓴 작가 대부분이 10~20대였기 때문입니다. 그들은 사회가 병들었음을 막연하게 알고 있었지만, 그 원인에 대해선 무지했죠. 지금처럼 디지털 문해력 교육이 활발하지도 않았기에 가치 있는 정보를 변별해내기도 어려운 시대였습니다. 그렇다 보니 결국 자신이 체감한 사회문제 중 가장 불합리하다고 여겼던 학벌 문제를 주제로 삼은 것이지요.

두 번째는 이들 모두 판타지 소설을 쓰는 작가란 점입니다. 서브컬처에 대한 인식이 좋지 않았던 2000년대 초·중반, 예술적 재능이 있음에도 인문계 고등학교에서 학창 시절을 보내는 것은 고된 일이었을 것입니다. 차별과 억압, 폭력적인 시선은 작가가 감내해야만 했지요. 이러한 상황이 맞물리며 그들은 자신의 유년기를 탈출해야만 하는 세계로 규정하게 됐습니다.

시간이 지날수록 소설 속 캐릭터가 시공간을 이동하는 원인은 다각화되고 심도 깊어졌습니다. 작가의 평균 연령이 올라가고, 다양한 사회문제가 전면에 드러났으니까요. 학업 스트레스나 우연, 운명적인 만남과 이끌림이었던 이동 원인은 점차 가난, 왕따, 가정 폭력, 신체 결손으로 인한 차별 등으로 다양해졌습니다. 그리고 이들은 새로운 세계에서 새로운 삶을 살게 되며, 새롭게 얻은 신체와 초능력으로 과거의 문제를 극복한 뒤 행복한 삶을 살아가지요.

2000년이 지나, 판타지 장르에 새로운 유행 코드가 탄생했습니다. '게임판타지'입니다. 뇌파를 이용해 가상 세계에 접속한 뒤 그곳에서 MMORPG를 체험하는 형태의 작품이 쏟아졌습니다. 「달빛 조각사」나 일본의 라이트노벨 원작 애니메이션인 〈소드 아트 온라인〉 같은 종류의 소설 말이지요.

그런데 게임판타지 소설 속 세계 구조는 이전 퓨전판타지와 몸을 다루는 방식이 근본적으로 다릅니다. 퓨전판타지에선 기존의 몸을 가지고 다른 세계로 넘어가 꿈을 이루거나, 기존의 몸에서 완전히 탈피한 채 다른 시공간에서 새로운 몸으로 살아갔습니다. 과거 시공간 A는 억압과 폭력, 고통으로 가득 찬 곳이기 때문에 외면받고 배척받는 디스토피아, 시공간 B는 행복하고 꿈과 희망이 가득한 유토피아였죠.

그런데 게임판타지는 특정 접속 시간이 지나면 다시 현실 세계로 돌아올 수밖에 없는 구조였습니다. 내가 얻을 수 있는 몸은 실제 몸이 아니라 전자 기호로 이루어진 아바타이고, 비트bit를 바탕으로 한 디지털 아바타는 가상 물질이었거든요. 그렇다 보니 퓨전판타지처럼 현실 세계를 비참한 억압과 폭력의 공간으로 놔둘 경우, 주인공은 꿈과 희망을 찾아 도파민 분비를 자극하는 약물 중독자처럼 게임에 접속한 뒤, 그러한 신체 작용이 끝났을 때 다시 허무함과 함께 현실로 돌아올 수밖에 없는 상황이 됩니다.

　그래서 작가들이 선택한 건 현실 조작이었습니다. 소설 속 게임을 플레이하는 유저가 현실로 돌아올 수밖에 없다면, 게임을 플레이함으로써 현실의 삶이 윤택해질 수 있도록 현실을 재구성하면 되었습니다. 게임을 잘하면 명예나 돈, 사회적 지위를 얻을 수 있게 말이지요.

　이러한 조작은 소설의 무대가 근미래였기 때문에 가능했습니다. 2000년대를 살아가는 사람들은 게임판타지 세계로 들어가는 문인 '헬멧을 쓰고 뇌파를 읽어 가상 현실을 체험할 수 있는 기기(Head Mounted Display)'가 2020~2030년쯤 등장할 것이라 예상했습니다. 뇌파를 읽고 가상 영상을 시각기관이 아닌 뇌파로 쏘아낸다는 설정은 현실 세계에는 존재하지 않지만 근미래에선 가능할 것만 같은 기술이었거든요.

　사람들은 혹시나 하는 마음으로 이런 세상이 오면 좋겠다는 희망 사항을 담아 세계를 조형했습니다. 마침 2000년대 초반은 〈스타크래프트〉를 비롯한 몇몇 게임이 프로게이머 제도를 만들면서 게임에 대한 인식이 조금씩 개선되던 시기였습니다. 자기가 좋아하는 게임에 대한 인식을 전환하고, 그 변화를 바탕으로 세계를 변용시키려는 노력은 작가들에게 즐거운 놀이였습니다. 소설 속 세계에선 게임을 전문적으로 가르치는 대학과 학과가 등장했고, 큰 상금이 걸린 대회가 대학 단위로 열렸으며, 고등학교에서도 선생님부터 학생까지 모두가 게임에 열중하고, 게임을 교과에 반영하는 학교까지 생겼습니다. 이러한 세계에서 주인공들의 게임 실력 향상이 게임 밖 세계의 성공으로 이어지는 건 자연스러운 현상이었습니다. 워커홀릭 아버지에게 질려 어머니는 도망갔고, 인간관계는 삭막했던 『더 월드』의 주인공 유빈은 게임을 플레이하면서 믿을 수 있는 동료를 만나고, 어릴 적 부모님이 돌아가신 충격으로 실어증에 걸린 『러/판 어드벤처』의 주인공 세희는 신체적 결핍과 고통을 게임 플레이를 통해 극복하지요.

이러한 근미래 세계의 조형과 현실 조작은 점차 '현실의 불합리함→근미래에는 이것이 해결될 거라는 희망→해결된 세계의 재현'이라는 세 단계로 구성됩니다. 2004년 로크미디어에서 출간된 『레이센』의 세계는 청년들을 위한 주거 정책이 마련되는 등 2020년대의 복지 정책을 훌륭하게 예언한 SF적 면모가 엿보였습니다. 반대로 현실을 조작하지 않고 게임 플레이가 현실의 무엇도 바꿔주지 않는 불완전한 사회를 묘사한 다크 게임판타지 소설인 『반Van』도 이러한 과정을 역설적으로 증명했고요.

2010년까지 한국 장르 판타지 소설에서 구현된 세계는 지금 우리가 살아가고 있는 문제를 드러내는 것에 집중했고, 그것을 해결하고 구원할 세계는 다른 어딘가, 아직 도래하지 않은 언젠 가였습니다. 그런데 A와 B라는 두 세계의 간극은 웹소설로 오면서 점차 줄어듭니다. 권 단위가 아닌 5,000자 내외로 분절된 독서는 새롭고 낯선 세계를 구성하고 차분히 진입할 물리적 시 공간을 마련하지 못합니다. 따라서 세계는 간략해져야 했고, 서사 속에 미세한 단위로 잘려 표현될 수밖에 없었습니다. 그렇 다 보니 이러한 상황이 가속화될수록 판타지 월드는 가상과 현 실이 합치된 기묘한 복합세계mixed-reality로 변모했습니다. 그리 고 그 대표적인 무대가 「나 혼자만 레벨업」에서와 같은 게임 시 스템 세계입니다.

이처럼 웹소설에서 무대는 동시대의 아픔을 드러내고 그것이 극복된 세계를 꿈꾸게 만드는 동력이자 장치로 쓰였습니다. 이 러한 도구를 웹소설에선 어떻게 읽어야 하는지 조금 더 깊이 들 어가보겠습니다.

```
× × × × × × × × × × × × × × × × × × × × × × × ×
× × × × × × × × × × × × × × × × × × × × × × × ×
× × × × × × × × × × × × × × × × × × × × × × × ×
× × × × × × × × × × × × × × × × × × × × × × × ×
```

「나 혼자만 레벨업」을
이용해 비평하기

예술 사회학 계열의 연구 방법론으로 반영적 접근reflection
approaches과 형성적 접근shaping approaches이 있습니다. 이름만
들으면 낯설겠지만 작품과 사회를 연결해 바라보는 대표적인
방법인지라 설명을 들으면 쉽게 이해할 수 있습니다. 반영적
접근은 '예술이 사회에 대한 정보를 담고 있다'라는 생각을 품
고 있습니다. 싸이 〈강남스타일〉의 가사와 뮤직비디오를 분석
해보면 한국 대도시, 그중에서도 강남이라는 지역이 어떤 욕망
으로 움직이는지 알 수 있지요. 반대로 형성적 접근에서는 '예
술 작품이 소비자와 사회에 영향력을 행사한다'고 주장합니다.
이러한 영향력은 긍정적인 방향과 부정적인 방향 모두를 일컫

는데요. 소설 원작의 영화 〈도가니〉가 보여준 사회적 파급력은 형성적 접근으로 분석하기 좋은 예시입니다.

앞서 「나 혼자만 레벨업」을 통해 웹소설 속 세계도 기존 판타지 소설의 무대 구성 방식과 마찬가지로 동시대의 단점과 그 이후의 가능성을 꿈꾸게 만든다고 했습니다. 이런 비평을 위해 우리는 반영적 접근과 형성적 접근 사이에서 작품을 섬세하게 해체할 필요가 있습니다.

추공의 「나 혼자만 레벨업」은 웹소설을 대표하는 인기작으로, 장성락이 이것을 원작으로 그린 웹툰이 일본 '코미코'에서 1위를 기록하며 유명세를 떨쳤습니다. 이 덕분인지 한국 학계에선 이 작품의 연구가 제법 이루어지기도 했습니다. 그중 콘텐츠에서 재현된 현대사회의 노동 문제를 꾸준히 연구해온 유인혁의 논문 「한국 혼합현실 서사에 나타난 '디지털 사이보그' 표상 연구」(국제한국문학문화학회, 2020)는 주목할 만합니다.

「나 혼자만 레벨업」은 기본적으로 '헌터물', '게임 시스템물'이라는 두 가지 하위 장르가 합쳐진 소설입니다. 헌터물은 현대 한국 사회에서 갑자기 괴물이 나타나고, 인류가 초능력을 얻어 생존을 위해 괴물과 대적한다는 구조의 장르 서사를 통칭합니다. 게임 시스템물은 소설 속 주인공 앞에 MMORPG를 진행하는 것처럼 게임 '상태 창'이 표시되고, 그의 모든 능력이 물화物

化되어 수치로 표기되는 작품을 이야기합니다. 이것은 단순한 표기로 끝나지 않습니다. 게임 시스템이 신체를 변화시키는 순간, 신체도 현실 세계의 법칙을 따르는 아날로그적 대상이 아닌 디지털 기호로 변하게 됩니다.

유인혁은 이렇게 레벨 업하는 신체를 '디지털 사이보그'라고 부릅니다. 사이보그는 타고난 신체에 기계 보철물을 붙여 신체의 부족함을 보완한 존재인데요. 게임 시스템이 타고난 신체를 끊임없이 변화시키는 만큼, '레벨 업하는 신체'를 디지털 사이보그라고 명명한 것은 적확해 보입니다.

그런데 흥미로운 것은 「나 혼자만 레벨업」의 주인공은 '헌터'라는 능력 중심 계급제 사회에서 혼자만 게임 시스템 창을 보고 있다는 것이지요. 혼자만 증강 현실을 볼 수 있는 기술에 접속할 수 있는 매체를 소유한 것처럼요. 헌터물이라는 조작된 현실 속에서 혼자만 레벨 업하는 비현실적 캐릭터는 '게임적 존재'인 동시에 혼자만 게임을 즐기는 '버그bug적 존재'입니다.

그런데 유인혁은 그러한 '이레귤러irregular성'이야말로 타인과 가상 환경을 공유하지 않는 주체의 모습이 반영되어 있다고 지적합니다. 한때 열풍이었던 〈포켓몬 GO〉라는 게임을 떠올려 봅시다. 우리는 다른 사람과 똑같은 현실을 살고 있지만, 스마트폰을 들고 〈포켓몬 GO〉를 실행하는 순간 타인과 같은 공간에서도 전혀 다른 현실을 마주하게 됩니다. 증강 현실의 정보는 개인의 디스플레이에 투사되어 타인에게 공유되지 않기 때문이지요. 스마트폰과 초고속 이동통신의 발달은 사람들이 현실에서 가상 공간에 접속할 수 있게 만들었고, 이는 가상 공간의 개인화를 가져왔습니다. 이러한 맥락에서 디지털 사이보그인 주체는 일반인과 다른 타자화된 존재, 그러니까 정상 바깥의 비정상적 존재가 됩니다.

재미있는 지점은 바로 여기입니다. 우리는 웹소설을 읽을 때 주인공에게 쉽게 이입하고, 공감하고, 대리 만족합니다. 작가는 독자가 가장 완벽한 나의 모습을 주인공에게 투영하게끔 만들고, 독자 역시 그러한 모습을 상상하면서 소설을 읽습니다. 그렇다면 우리는 왜 일반인이 아니라 비일반인에게 이입하고 대리 만족하며 비일상을 꿈꿀까요?

유인혁은 그것이 '수저 계급론'이나 '재능충'과 같은 단어가 대중적 영향력을 발휘한 2010년대 '헬조선' 대중 담론과 관련이 있다고 이야기합니다. 요컨대 신자유주의 사회에서 경쟁이 치열해지는 가운데 태생적 계급이나 사회적 자본, 유전적 자본이 점점 극복하기 어려운 조건으로 인식되는 사회상을 반영한 것이라 여겨졌지요. 흥미로운 사실은 이러한 버그적 존재가 아이로니컬하게도 성실한 노동 윤리를 지향한다는 점입니다.

MMORPG 구조는 정직합니다. 내가 열심히 몬스터를 사냥하면 경험치를 얻고, 그 경험치를 모으면 그다음 레벨, 그다음 직업으로 나아갈 수 있습니다. 주인공은 게임이라는 룰에 따라 성장하지요. 즉, 증강 현실 서사의 디지털 사이보그가 원하는 건 소설 속 다른 인물과 다른 불공정한 성장이지만, 그 불공정한 성장이 추구하는 건 공정한 경쟁 원리가 깨진 공간에서 불가능하다고 밝혀진 정직한 노동을 구도자처럼 수행하며 사회적 사다리를 올라가고자 욕망하는 것입니다. '비정상의 비정상적 정상화'라고 이야기할 수 있겠지요.

여기까지 살펴보았을 때 「나 혼자만 레벨업」 속 사회는 신자유주의 시대의 현실을 반영한 것에서 그치지 않습니다. 헌터물이란 환상은 첨예한 계급 구조 사회를 재구성해 어색하고 낯설어 보일 수 있지만, 동시에 버그적 존재와 디지털 사이보그적 존재인 주인공 '나'를 통해 사회 구조의 부조리와 모순을 타파하고 성공하고자 하는 이들의 욕망을 선명하게 보여줍니다. 웹소설 주인공이 역대급 천재나 강력한 캐릭터를 지칭하는 '먼치킨' 등으로 더더욱 환상화되는 것은 그만큼 사회가 고착화되고 있다는 경고 메시지인 셈입니다. 사람들이 주식이나 가상 화폐와 같은 불확실한 방법에 몰두하는 것도 웹소설 욕망과 비슷한 구조입니다.

물론 이러한 욕망의 결과가 다시 신자유주의 사회의 구조에 복속해 강력한 힘을 바탕으로 부를 축적하거나 명예를 얻고, 매력적인 연인과 사회적 지위를 획득하는 과정으로 수렴된다는 건 웹소설의 한계 같기도 합니다. 하지만 이러한 문제 해결 방법까지 웹소설이 제안해야 하는지는 의문입니다. 웹소설은 현대사회의 구조와 그 문제점을 드러내는 것만으로도 역할을 충분히 하고 있습니다.

　환생과 빙의로 새로운 신체를 얻고, 이 세계의 몸을 벗어 던지려는 욕망은 여전하지만, 회귀를 통해 내가 발 디딘 세계를 비판적으로 수정하려는 욕구가 커진 것도 긍정적 신호입니다. 독자들이 초월적 존재를 보며 위안을 얻고, 그러한 존재로부터 '사이다'를 열망하는 것은 이 사회가 그러한 문제를 해결할 어떠한 방향도 제시하지 않고 있음을 역설적으로 주장하는 것일지도 모릅니다. 그렇다면 웹소설이 이러한 문제를 해결하지 못한다고 지적할 것이 아니라, 대중에게 이러한 방향을 제시하지 못하는 사회 저변과 지식인, 정치적인 문제 등을 조금 더 구조적으로 논의해야 하지 않을까요?

　우리는 콘텐츠를 형성적 접근의 측면에서 강조해 비판하곤 합니다. 웹소설이 대중을 사회에서 멀어지게 한다거나, 게임이 학생들의 폭력성을 강화한다고 말이지요. 선정적이고 폭력적인 콘텐츠가 대중을 병들게 하고, 이러한 병폐 때문에 콘텐츠는 좀 더 도덕적이어야 한다는 주장은 오랫동안 이어져온 비판이라 할 수 있습니다. 하지만 이런 손쉬운 비판은 경계해야 합니다. 대중은 무비판적으로 콘텐츠를 수용하고 그것에 영향을 받는 어리석은 소비자일까요? 창작자의 메시지를 수용자가 직접 받아들이고 완전히 수용한다는 '피하 주사 모델injection needle model'은 소비자의 해석과 주관성을 경시해버리곤 하지요. 또 이러한 비판은 비평가 또한 대중에 속한다는 사실을 지워버립니다. 비평가는 자신의 위치를 안전한 바깥 혹은 콘텐츠 외부로 인식하고, 내부에 있는 사람을 진화하지 못한 어리숙한 자로 취급합니다. 이러한 안전지대에서의 안전한 비판은 더 이상 콘텐츠를 소비하지 못한다는 것을 의미합니다. 외부자의 시선으로 콘텐츠를 객관적으로 독해할 순 있겠지만, 그 안의 맥락과 욕망을 존재론적으로 읽어내는 것이 아니라 인식론적으로 인상 비평을 할 수밖에 없다는 단점을 마주하게 됩니다.

여기까지 이야기했을 때 장르 비평, 그리고 웹소설 비평은 비평적 이론을 장르문학에 덧대는 것만이 아닙니다. 장르론이 단순 분류가 아니라 '문학이란 무엇인가' 하는 물음에 대한 대답의 하나이듯, 장르 비평 역시 텍스트에 구현된 배타적 요소를 끄집어내 구조를 분류하는 기술이 아니라, 거대한 장르 콘텍스트와 동시대가 어떻게 연결되어 있는지 다층적 구조를 이해하고 분석하는 작업이어야 합니다. 이러한 기준이 모두 갖춰졌을 때, 우리는 좋은 웹소설이 무엇인지 정의를 내리고 시장 생태계와 공존할 수 있는 작품을 큐레이션할 수 있지요.

웹소설에 가해지는 비평 문구와 다시 마주해봅시다. "웹소설은 현실의 문제를 첨예하게 보여주고 있으며 그것을 해결할 의지가 없다." 그리고 생각해봅시다. 정말로 그런 웹소설 작품이 없나요?

저는 단호하게 아니라고 대답합니다. 어떠한 미래도 그려놓지 않은 상태에서 해결을 웹소설에 맡긴다면 그것만큼 무책임한 이야기가 없지요. 웹소설은 다양한 방법으로 해결책을 보여주고 있습니다. 한국에서 창작되는 콘텐츠 중 가장 빠른 속도로 창작·유통됩니다. 완결작까지 포함하면 수십만 종의 소설이 유통되고 있으며, 빠르면 반년도 안 돼 소설이 창작·완결되지요. 빠른 속도로 현실의 흐름을 반영하고, 화자이자 작가의 논평이 이루어집니다. 그중 현실 문제를 극복할 방법까지 다룬 소설은 없을까요? 우리가 찾지 못한 것은 아닐까요? 누군가 그런 작품이 없다고 하면, 저는 그런 작품을 보지 못했을 뿐이라고 이야기합니다. 작품의 유무를 떠나 개별 작품이 얼마나 사회에 영향력 있는 해답을 제시할 수 있는가는 별개의 문제입니다. 개별 작품이 상업적 성공을 거두지 못하더라도 상업적인 시장 바깥에서 가치를 제대로 평가받을 토대를 마련하는 작업이 누적된다면, 언젠간 이러한 시도들이 새로운 의미를 지닐 수 있을 테니까요. 예술 영화나 다양성 웹툰이 그러했듯이 말이지요.

그렇기에 웹소설 교육, 특히 대학의 웹소설 교육자는 세 갈래의 데이터베이스를 끊임없이 확장해갈 수밖에 없습니다. 하나는 웹소설을 처음 쓰는 학생에게 맞춘 '기초 웹소설', 두 번째는 상업적 성공을 거둔 작품을 바탕으로 한 '성공한 웹소설'. 마지막으로 작가의 주제 의식이 첨예하게 드러나면서 사회 비평을 담은 '비평적 웹소설'입니다. 그러나 대부분의 교육자는 데이터베이스가 특정 갈래로 제한되어 있거나 협소합니다. 게다가 데이터베이스 내부 작품을 비평가의 세계에 맞게 재맥락화하고 큐레이션할 수 있는 교육자를 만나기란 더더욱 어렵습니다. 그렇기에 저는 웹소설 교육은 웹소설을 읽을 줄 아는 사람이 해야 한다고 주장합니다.

대학에서의 웹소설 교육은 이처럼 기술적인 부분과 예술적인 부분, 그리고 그 둘을 매개할 수 있는 데이터베이스의 확보, 이 세 가지를 모두 균형 있게 지도할 수 있는 교육자에 의해서 이루어져야 합니다.

그러나 반복적으로 이야기했듯 이러한 균형적 시각을 지닌 교육자가 교육 현장에 많지 않습니다. 학과에서 각각의 데이터베이스를 가진 교육자를 파편적으로 배치해 악효과를 가져오는 경우도 많지요. 웹소설을 이론적으로 배우거나 뒤늦게 접해본 교육자보다 웹소설을 꾸준히 읽고 써온 독자나 학생이 균형 있는 시선으로 많은 작품을 읽어낸 경우가 더 많거든요. 학생들보다 독서량이 적고, 창작 기능과 결과물도 부족한 교육자가 그들에게 교육자로서 어떤 설득력을 가질 수 있을까요? 특히 웹소설학과는 대부분 예술 대학이나 인문 대학이 아니라 산업·기술 대학 영역에 개설됩니다. 앞서 분류했던 예술 교육은 기술과 산업 교육을 보조하는데, 이러한 예술 교육 형식에 고착화된 교육자들은 웹소설 영역에서 자신의 교육이 가진 한계에 직면할 수밖에 없습니다. 그것은 저 역시 예외가 아닐 겁니다.

그렇다면 비평적인 메시지를 전달하면서도 상업적인 성공을 거둔, 그러면서도 창작에 도움이 될 법한 웹소설 고전으로는 무엇이 있을까요? 어떤 작품이 앞서 이야기한 데이터베이스를 구축하기 위한 기초로 자리매김할까요? 다음 이야기는 오랫동안 독서를 주제로 웹소설을 가르치기 위해 고심한 결과물입니다.

3장

웹소설 고전은 왜 읽어야 할까?

웹소설을 가르칠 때 읽었던
웹소설 고전

2019년에는 장르문학과 장르 비평, 장르 교육이 시장에서 두드러진 성과를 보였습니다. 두 자릿수 이상의 장르 비평서가 한국에서 출간되었고, 대학에 웹소설학과가 생겼습니다. 그동안 웹소설 관련 개별 커리큘럼은 많았지만, 학과를 개설해 전공화한 경우는 없었거든요. 최초로 웹소설 창작 전공을 내세운 학교는 청강문화산업대학교였고, 비슷한 시기에 문예창작학과의 이름을 '웹문예창작학과'로 바꾼 후 대규모 교육 과정 개편을 통해 웹소설 창작을 배울 수 있도록 한 대학은 서울사이버대학교였습니다. 저는 2019년 서울사이버대학교 웹문예창작학과의 대우 교수로 웹소설 분야 교과목을 설계하고 강의했으며,

2020~2021년엔 2019년 개설된 청강문화산업대학교 웹소설 학과에서 2, 3학년으로 진학한 학생들의 실무 과목 커리큘럼을 짜고 강의했습니다.

당시 서울사이버대학교 학과장의 고민은 학생들이 4년 동안 대학에서 무엇을, 어떻게 배워야 웹소설 작가가 될 소양을 쌓을 수 있느냐는 점이었습니다. 청강문화산업대학교는 장르의 실무, 창작, 데이터베이스 확보라는 세 가지 틀을 기반으로 전체 커리큘럼을 설계한 뒤 학생들에게 선보였습니다. 그러나 서울사이버대학교는 처음부터 웹소설 전공으로 설계된 것이 아니었습니다. 문예창작학 하위 범주로 '웹소설 창작' 커리큘럼을 설계해 문학이라는 틀 안에서 비장르의 독자들까지 아우를 수 있는 범용적 교육 과정을 만들 방법을 고민해야 했습니다.

더군다나 사이버대학이라는 학교 특성상 1학년으로 입학하는 학생만 가르치는 것이 아니라 3학년 편입 학생까지 가르쳐야 해 1학년 교육 과정과 3학년 교육 과정을 동시에 만들어야 했습니다. 한번 녹화한 영상을 3년 단위로 사용하다 보니, 3학년 수업과 1학년 수업을 같은 이론과 기초 지식으로 채울 수도 없었지요. 이러한 상황에서 저와 다른 교수들이 커리큘럼을 만들기 위해 참고한 건 전문화·특성화된 장르 교육보다는 범용적인 문학교육론이었습니다. 국어국문학과와 문예창작학과의 수업이었지요.

문예창작학과 수업을 참고한 까닭은 웹문예창작학과가 문예창작을 배우는 곳이기 때문입니다. 수십 년 동안 이 학과는 어떻게 하면 글을 쓰는 사람들에게 더 많은 학문적 정보와 기술을 가르쳐줄 수 있는지 고민해왔습니다. 거기에 국어국문학과 수업 내용이 기본적으로 들어가 글쓰기의 기초가 없는 사람도 문학이라는 개념 안으로 들어갈 수 있도록 체계를 만들었지요. 그렇게 1학년 수업은 글쓰기를 최소화하고 웹소설이 무엇이고 왜 배워야 하는지, 어떻게 읽어야 하는지 등 아주 기초적인 내용으로 설계했습니다. 글쓰기 수업에 대한 아쉬움은 동아리 활동으로 보완했습니다.

이때 제가 개발한 수업이 '웹소설의 이론과 실제'였습니다. 어문학 계열 커리큘럼의 '현대 웹소설 강독'과 같다고 생각하면 될 것 같습니다. 웹소설을 어떻게 읽어야 하는지, 그것이 왜 중요한지에 대해 이야기를 나누었습니다. 소설에서 구현된 장르적 요소가 지금, 여기서(당시에는 2019년의 한국이었겠지요) 어떤 방식으로 활용되고 있는지를 살펴보고 논의하는 수업이었습니다. 좋은 웹소설의 기준은 그것을 선정하는 사람이 어디에 목표를 두느냐에 따라서 다릅니다. '현대 웹소설 강독'이라는 수업의 목표가 웹소설을 모르는 사람이 웹소설을 읽을 수 있고 익숙해지도록 만드는 것이다 보니 이런 수업에서 다루는 소설의 소재나 분위기, 톤, 장르, 주제, 형식, 문체 등은 까다로울 수밖에 없습니다. 무엇보다 상업적으로 성공을 거두거나 그 외적인 의미에서 가치가 있는 소설이어야 했지요.

15주짜리 강의에서 장르에 대해 설명하는 1주 차, 그리고 중간고사와 기말고사, 오리엔테이션을 제외하고 총 11주 차 분량의 커리큘럼을 어떤 작품으로 구성해야 할지 고민을 거듭했습니다. 다음은 그렇게 만들어진 목록입니다.

웹소설 고전 목록

· 「요리의 신」(양치기자리 지음)

현대 판타지, 회귀물. 게임 시스템 창이라는 개념에 익숙해질 수 있다. 시스템이 1~10레벨까지 직관적이다. 절대 미각이라는 주인공의 이레귤러성을 통해 소설 구조를 잘 만들어냈다. 웹소설과 종이책 소설 중간 정도의 문장을 구사한다.

· 「빅 라이프」(우지호 지음)

장르소설 작가가 무엇인지 보여주기 위한 메타 장르소설. 웹소설 작가가 기획자이자 스토리텔러가 되기 전 작가라는 역할 자체에 집중한다. 주인공이 제도권 문학과 상업 장르문학을 오가며 글을 씀으로써, 웹소설 작가들이 상업소설 시장을 어떻게 바라보는지 확인할 수 있다.

· 「전지적 독자 시점」(싱숑 지음)

판타지 이론을 가르쳐주는 동시에 웹소설이 무엇인지 작가와 독자, 세계의 관계를 잘 설명할 수 있는 메타 소설. 서브컬처 팬덤을 흡수하는 팬덤 정치를 배울 수 있다. 빙의, 레이드 등 다양한 장르적 장치가 등장한다. 캐릭터를 매력적으로 구성하는 방법에 대한 이야기이다. 주인공이 프로게이머라는 설정이 왜 장르에서 이슈가 되는지 이해할 수 있다. 잘 쓴, 좋은 웹소설의 미래가 어떤지 살펴볼 수 있다.

· 「마운드 위의 절대자」(디다트 지음)

스포츠 스타가 연예계, 방송가를 비롯한 다양한 미디어 환경에서 활약하며 이 시대에 스포츠라는 것이 어떻게 비춰질 수 있는지 잘 구현한 소설. 스포츠라는 영역을 뛰어넘어 게임이 웹소설과 어떻게 연결될 수 있는지, 우리가 흔히 알고 있는 개연성을 뛰어넘는 주인공의 성취를 독자에게 어떻게 전달해야 할지, 작가가 장르적 개연성을 어떻게 안티적·메타적으로 표현할 수 있는지 잘 실험한 작품. '문피아'라는 웹소설 플랫폼이 욕설이나 여러 마초적인 문화를 어떻게, 얼마만큼 구현해내는지도 알 수 있다.

· 「천재 배우의 아우라Aura」(글술술 지음)

우리가 눈으로 볼 수 없는 연극, 연기 등의 예술을 어떻게 글로 쓸 수 있는지 구현한 작품. 작가 자신의 체험이 웹소설을 쓰는 데 얼마나 도움이 되는가, 천재는 어떻게 묘사하는가, 미디어에서 이야기하는 스타의 삶이 왜 소설에서 쉽사리 주인공화되는가 등을 논의해볼 수 있다. 특히 예술이라는 것이 웹소설에서 구현될 때, 작가의 고민을 얼마나 담아 풀어낼 수 있는지 이야기할 수 있다.

· 「탑 매니지먼트」(장우산 지음)

엔터테인먼트물, 매니지먼트물의 시초다. 소설 구성을 어떻게 하면 독자를 매료시킬 수 있는지를 보여준 대표 작품. 엔터테인먼트물의 구조와 틀, 매니저라는 직업을 주인공으로 보여주었을 때 펼쳐낼 수 있는 서사와 구성의 힘, '사이다'를 만들어내는 미래 정보를 다루는 법을 이해할 수 있다. 반짝이는 스타들의 삶, 체험해본 적 없는 세계를 어떻게 하면 독자들이 실제 세계처럼 받아들이게 묘사할 수 있는지 논의할 수 있다.

· 「재벌집 막내아들」(산경 지음)

재벌물의 선구작. 근현대 대체역사물. 회귀를 통해 현대사회를 비판한다. 자본 친화, 대기업 가문이라는 작은 구조의 완성을 보여준다. 판타지나 로맨스판타지 장르에서 주로 사용하는 '가주'와 '가솔'이라는 계급 구조를 잘 구현해 정석을 만들어냈다. 자본주의 사회에서 독자들은 '돈을 번다'라는 욕망에 공감하는데, 작가는 이 돈을 버는 스토리를 어떻게 끌고 가야 하는지 고민하게 한다.

· 「김 비서가 왜 그럴까」(정경윤 지음)

로맨스 장르의 기초. 현대 로맨스의 틀과 OSMU 산업의 전개 과정을 보여준다.

· 「아도니스」(혜돌이 지음)

로맨스판타지. 여주 판타지의 틀과 웹툰과 로맨스의 관계, '회빙환'이라는 장르가 어떻게 로맨스와 연결될 수 있는지 생각해볼 수 있다.

· 「황제의 외동딸」(윤슬 지음)

로맨스판타지, 육아물. 육아물의 특징과 육아물에서 구현된 세계, 아빠를 비롯한 남주라는 메타포, 사랑받는 '나'와 나를 죽이려 하는 위협적 세계의 아이러니를 잘 구현했다.

· 「추상의 정원」(김휘빈 지음)

여성 주인공의 성장과 주체적 움직임, 역사 시대물의 고증과 재현, 소설이 과거를 얼마나, 어떻게 이야기할 수 있는가를 살펴볼 수 있다.

목록의 소설들은 상업적 성공을 거두었다거나, 당시에 이슈여서 선택한 작품이 아닙니다. 세네 갈래 이상의 이슈가 교차하는 작품을 통해 한 과목당 두세 시간 이상 떠들 수 있는, 그만한 가치가 있는 작품 중 재미있는 소설을 선별했습니다.

수업에서 모든 장르를 다 이야기할 수는 없습니다. 아카데미물이나 본격적인 대체역사물, 그리고 무협이나 SF 같은 장르의 작품이 빠진 건 매우 아쉽습니다. 작품에 대한 설명 글은 남성향 작품에 비해 여성향 작품이 간략하게 정리되어 있을 겁니다. 이는 제가 잘 아는 작품과 장르가 아니라면 최대한 연구 논문이나 이론 들을 기반으로 접근해 교육하고자 했기 때문입니다. 이러저러한 제약을 넘어 제대로 '웹소설 장르'와 '읽기'를 다루기 위해선 1년짜리 커리큘럼을 만들어도 부족할 겁니다. 각 장르를 분리해 '판타지 웹소설 강독'이나 '로맨스 웹소설 강독', '무협 웹소설 강독'으로 다시금 구성한다면 그것 나름의 커리큘럼을 만들 수 있을 겁니다.

앞의 커리큘럼은 2020년 청강문화산업대학교에서 '웹소설의 이해'라는 이름으로 강의했습니다. 이는 이후 대학이나 대중 강연에서 웹소설 창작이나 수업을 진행하는 데 큰 도움이 되었습니다. 중간고사 기간에 대체 과제로 받았던 레포트는 이 수업의 의미를 다지는 데 큰 도움이 되었습니다.

순문학 입시를 준비하다 장르소설을 쓰고 싶다는 생각에 이 학교에 들어오게 되었습니다. 웹소설학과에 오긴 했지만 웹소설은 좋지 못한 소설이고, 장르의 요소를 활용한 문학을 쓰고 싶다, 정도의 어설픈 생각만 가진 1학년이었습니다. 하지만 교수님이 추천해주신 웹소설 중 「천재 배우의 아우라Aura」에 눈물을 흘릴 정도로 감동하며 완결까지 쭉 읽었습니다. 아, 내가 웹소설에 대해서 참 모르고 있었구나, 내가 편견에 갇혀 있었구나, 하고 한번에 깨달을 수 있는 소설이었습니다.

이 학생은 레포트에 「천재 배우의 아우라Aura」가 얼마나 좋은 작품이고, 자신에게 어떤 충격을 줬는지 절절하게 적었습니다. 지금은 데뷔작을 출간하고, 플랫폼에서 소설 한 편을 완결했으며, 두 종의 소설을 준비하고 있습니다. 이러한 변화는 2년 만에 일어났습니다. 학생들, 그러니까 웹소설 작가 지망생들은 저 열한 편의 소설을 읽으며 어떤 고민을 하고, 어떤 답을 얻었을까요?

웹소설 입문을 위한 정석
「요리의 신」

사람은 생각해본 적 없는 개념을 받아들이기 어려워합니다. 알고 있는 개념을 통해 다른 의미를 연쇄적·유기적으로 습득하며 새로운 개념을 보충하지요. 판타지 역시 마찬가지입니다. 독자는 들어본 적 없는 작품 속 세계를 한번에 받아들일 수 없습니다. 그 세계에 들어가 이해하기 위한 중심점이 필요하고, 그 중심점으로부터 파동이 일 듯 지식의 덩어리를 얻게 되지요.

그렇기 때문에 판타지는 웹소설보단 종이책에 어울리는 장르일지도 모릅니다. 낯선 세계로 들어가기 위한 몰입의 시간을 충분히 가질 수 있고, 변증법적 과정을 펼칠 분량의 제한도 없으니까요. 저는 이러한 과정을 '판타지 세계로 들어가는 변증법'

이라고 부릅니다.

전 세계적으로 히트한 영화 〈해리 포터〉 시리즈의 한 장면을 떠올려봅시다. 처음 이 작품을 접하면 머글이라는 호칭도, 마법사의 마법도 낯설 겁니다. 거기에 영국 사립 학교의 기숙사 제도를 모방한 호그와트의 생활상 또한 낯설 수밖에 없지요. 낯선 장면을 일상적인 모습처럼 보여주기는 어렵습니다. 그래서 〈해리 포터〉는 이러한 세계로 들어가는 입구를 명확히 설정합니다. 영국 런던의 킹스 크로스역 9와 3/4 승강장입니다.

처음 저 입구를 소개받은 해리 포터는 고개를 갸웃거립니다. 기둥에 불과한 킹스 크로스역 9와 3/4 지점에 승강장이 있단 사실을 납득하기 어려우니까요. 혹시나 해서 역무원에게 물어보지만 어린 해리가 웃긴 농담을 한다며 무시해버리죠. 그때 해리의 눈앞에 위즐리 가족이 나타납니다. 해리는 론 위즐리의 쌍둥이 형들이 9와 3/4 승강장으로 들어가는 모습을 보며 낯선 세계로 이동할 수 있다는 것을 깨닫고, 마침내 9와 3/4 승강장으로 돌진하죠.

그 순간 장면이 바뀌면서 해리 포터가 목격하는 세계는 전혀 다른 공간입니다. 부엉이가 날아다니고 마법에 걸린 신문과 새로운 맛의 젤리가 있습니다. 그리고 호그와트라는 공간으로 떠날 수 있게 되지요. 관객 역시 해리 포터에 이입해 낯선 세계를 서서히 받아들이게 됩니다.

〈해리 포터〉에 나오는 마법 세계처럼 현실의 질서와 다른 새로운 질서로 구현된 공간을 '2차 세계'라고 부릅니다. 그리고 〈반지의 제왕〉처럼 2차 세계만 존재하는 작품을 '하이 판타지 high fantasy', 〈해리 포터〉처럼 현실 세계와 2차 세계가 공존하는 작품을 '로우 판타지low fantasy'라고 합니다.

이때 '하이'와 '로우'는 이 세상을 이해하기 위해 독자들이 가진 믿음의 정도를 의미합니다. 이 세계가 얼마나 선명하게 질서를 갖추고 있고, 독자가 그 이야기를 얼마나 단숨에 받아들이는지를 기준으로 나눈 것이지요. 『반지의 제왕』의 작가 J. R. R. 톨킨은 독자들이 2차 세계를 믿게 될 때, 소설의 해피엔드에서 위안과 회복을 얻을 수 있다고 말합니다. 이처럼 판타지에 익숙한 사람이라면 그동안 읽어온 다른 판타지 작품이 하나의 계보로 작용해 2차 세계만 존재하더라도 낯설지 않게 받아들이겠지만, 판타지가 낯설다면 현실 세계에서 다른 세계로 천천히 넘어가는 판타지 작품을 선호할 것입니다.

「요리의 신」은 이러한 이유에서 웹소설에서 구현된 판타지 세계로 들어가는 변증법적 과정의 좋은 예입니다. 우리의 삶, 그중에서도 미디어가 화려하게 꾸며놓은 스타 요리사의 삶을 조명하며 아주 작은 문인 '게임 시스템 창'과 '회귀'라는 두 요소만으로 소설을 이끌어가기 때문입니다.

많은 강사가 "프로 작가가 되려면 인기 있는 소설 랭킹 1위부터 10위까지 아무거나 읽으세요. 결국은 다 읽어야 해요"라고 이야기합니다. 그런데 웹소설을 읽어본 적 없는 사람들은 다음과 같이 말합니다. "낯선 용어도 많고, 문장도 딱딱 끊어져서 어색합니다. '쾅, 콰과광' 같은 효과음만 있는 디자인적인 배치도 그렇고, 캐릭터 앞에 사진이 배치된 방식도 이상해요. 이걸 소설이라 받아들이고, 그 이야기를 독해하기까지 생각을 전환하기가 힘들어요."

물론 빠른 시간 안에 전문 작가로 데뷔하거나, 웹소설 세계에 제대로 들어가기 위해선 이러한 지점을 의식적으로 극복해야 할 겁니다. 하지만 이 커리큘럼을 진행하는 대학이라는 공간에서는 학생을 작가로 데뷔시키는 데 급급할 필요가 없습니다. 작가 데뷔를 꿈꾸지 않는 독자를 확보할 때도 마찬가지지요. 이때 필요한 것은 해리 포터가 마법 세계로 넘어가기 위해 뛰어들었던 킹스 크로스역 9와 3/4 승강장 같은 관문일 것입니다. 「요리의 신」은 그런 의미에서 웹소설과 제도권 문학의 중심을 잘 잡아줍니다.

「요리의 신」 주인공인 조민준은 20대 후반에 고등학교 영어 선생님을 그만두고 조리사 생활에 뛰어듭니다. 자신의 유일한 취미이자 꿈인 요리사가 되기 위해서입니다. 하지만 늦은 나이에 시작한 조리사 생활은 만만치 않습니다. 자기보다 어린 선임들의 구박을 받으며 힘겨워하지요. 조민준의 유일한 낙은 집에 돌아와 자신이 구상한 레시피대로 조리한 요리를 블로그에 올리는 것입니다. 그의 게시물에 '요리 교주'라는 닉네임의 유저가 댓글을 답니다. 다시 과거로 돌아가도 요리를 선택할 거냐고요.

그렇게 조민준은 전역 직후의 대학생으로 돌아가 요리사가 되기 위한 여정을 떠납니다. 그는 자신을 '절대 미각'으로 만들어줄 완벽한 보조자인 게임 시스템 창의 도움을 받습니다. 회귀와 게임 시스템 창은 현대 판타지 소설에서 자주 사용되는 요소입니다. 요리물이라는 것도 웹소설을 읽지 않았던 독자에겐 낯선 개념이었지요. 하지만 그 외의 구조나 요소는 2차 세계라고 할 만큼 독특하진 않습니다. 깔끔할 정도로 성장만을 추구하고, 1부터 10까지 느슨하게 배치된 시스템 창의 레벨은 다른 소설보다 느린 호흡으로 스토리를 따라가기도 좋습니다. 무엇보다 「요리의 신」은 문장마다 행갈이를 하는 요즘의 웹소설과 달리 조금 두터운, 벽돌 단위의 문단 개념이 남아 있는 만큼, 극단적인 단문에 가까운 현대 웹소설 문체를 어색해하는 독자도 충분히 즐길 수 있습니다.

주인공이 미래의 정보를 독식하고 그것을 바탕으로 성공만을 추구하는 것이 아니라 주변 사람들의 인간적인 약점을 회복시키고, 그것을 바탕으로 계속 관계를 쌓아간다는 것도 이 작품의 장점입니다. 현대 판타지 소설 중에는 미래의 정보를 손에 넣어 적극적으로 투자함으로써 타인의 고통과 아픔을 바탕으로 성장하는 스토리가 많습니다. 코인이나 주식 등으로 누군가는 돈을 벌지만, 누군가는 막심한 손해를 보는 경우가 많죠. 그렇게 벌어들인 돈을 사회에 환원하기보다, 자신의 명예롭고 호화로운 삶에만 투자하는 건 자본주의 소설의 한계이자 병폐일지도 모릅니다. 「요리의 신」의 주인공 조민준은 성장 과정에서 윤리적인 질문과 끊임없이 마주합니다. 이 게임 시스템 창이 치트라면 이걸 이용해 서바이벌 요리 프로그램에서 경쟁하고 있는 나는 도덕적인가? 그 질문의 답을 찾아가는 첫 행보는 웹소설에서 구현된 장르적 요소에 대해 고민하게 만듭니다.

게임 시스템 창을 비롯해 회귀, 치트 능력 등은 웹소설 판타지에서 범용적으로 사용하는 코드입니다. 그렇기에 이런 장르적 코드를 묻는 작품은 대부분 사라졌습니다. 장르는 사용될수록 그 내부의 존재들에게 개연성 있게 여겨지기 때문입니다. 양치기자리는 「요리의 신」뿐만 아니라 「칼의 목소리가 보여」에서도 뻔해 보이는 요소들이 왜 존재하는지에 대해 꾸준히 질문합니다. 그렇기 때문에 독자들도 이질적인 요소를 자연스럽게 받아들이지요. 그렇기에 저는 「요리의 신」을 웹소설 독서를 위한 첫 번째 관문이자 고전으로 내세웁니다.

종종 고전주의자들과 마주합니다. 그들은 모든 서사에는 원형이 있고 고전을 읽고 배우면 웹소설을 읽고 쓰는 데도 도움이 된다고 말합니다. 그 말은 틀리지 않습니다. 우리는 무엇을 어떻게 읽어야 하느냐는 질문 역시 생각해봐야 합니다. 게임 시스템 창의 함의나 질서를 이해하기 위해서 『반지의 제왕』이나 『공자』, 『맹자』 등을 읽을 필요는 없을 것입니다. 또한 한국 웹소설에서 만들어진 '시스템 창' 스토리를 이해하기 위해 일본 이세계물 장르의 라이트노벨이나 게임 등을 파고들 필요도 없겠지요. 그것은 맥락적으로 단절된, 언어의 유사성을 바탕으로 단순 결합을 추구하는 유사역사학의 방식과 다름없기 때문입니다. 이것은 1990~2000년대 한국 판타지 소설이 유럽의 문화적·역사적 맥락에서 벗어나 표상적인 기호들을 키치적으로 조합해놓은 탓이 큽니다.

우리는 수많은 코드와 클리셰를 조합해 글을 씁니다. 영웅 서사의 구조나 추상적 틀을 위해 고전을 읽어야 한다는 건 웹소설, 그것도 현대 웹소설을 읽기 위한 조언이 아닙니다. '사람은 도덕적으로 살아야 한다'와 같은 추상적 명제에 가깝습니다. 고전을 읽는 이유가 당시 만들어진 이야기 구조가 왜 지금까지 전해지는지를 알고 싶고 원형에 가까운 이야기를 익히기 위해서라면, 웹소설 교육자들에게 중요한 건 흔히 말하는 '회빙환'을 잘 다루고 유행을 이끌어낸 초기작을 고전이라고 명명하고 교육하는 작업일 것입니다.

물론 「요리의 신」 외에도 회귀를 다루거나 미래 정보를 활용하는 소설은 많습니다. 이그니시스의 『리셋라이프』나 『삼국지』를 바탕으로 그 세계에 빙의하는 수많은 삼국지물 같은 작품 말이지요. 그런 선택지도 좋다고 생각합니다. 이 소설들은 제가 찾아낸 해답의 일부일 뿐이니까요. 중요한 건 「요리의 신」이라는 작품이 아니라 부지런히 독서해야 한다는 사실일 겁니다.

시장은 작가와 작품을 어떻게 인식하는가?
「빅 라이프」

국어국문학과에 대해 이야기하다 보면 듣게 되는 질문이 있습니다. "작가님은 왜 국문과에 가서 웹소설을 연구하셨어요? 옛날엔 천박한 상업주의의 산물이라며 장르문학을 제대로 인정하지도 않다가 최근 돈이 좀 된다고 숟가락 얹으려는 학과 아닌가요?" 심지어 업계에서 오래 활동한 40~50대 콘텐츠 제작자도 이렇게 말하며 국어국문학과와 아카데미에 대한 불만을 드러낼 때가 있거든요. 비평을 작품에 대한 방해 공작처럼 이야기하는 경우도 많고요.

1980~1990년대생 장르문학 연구자 대부분은 웹소설이 인기를 끈 후에 비평을 하겠다고 들어간 것이 아니라, 장르를 비평

하고 공부하고 싶긴 한데 갈 곳이 없어서 국어국문학과나 문예창작학과 등에 입학한 것입니다. 대학 입학 당시엔 웹소설 창작 전공이나 대중 시나리오 전공과 같이 장르문학을 중점적으로 가르치는 학과가 없었을뿐더러, 서사를 공부할 수 있는 학과는 국어국문학과 정도밖에 없었습니다. 문예창작학과의 경우는 학문적으로 문예 또는 문학을 가르친다기보다 글 잘 쓰는 사람을 모아 글쓰기를 가르치는 학과란 인식이 강했고, 실제 입시 요강에 특정 기준 이상을 만족하는 고교 백일장 대회에서 수상한 경력이 있어야 한다는 항목이 있는 학교도 많았습니다. 애초에 제도권 문학을 하는 학생들을 모아 그다음을 준비하는 학과란 느낌이었지요.

그럼 국어국문학과에 입학한다고 해서 장르문학을 연구할 수 있을까요? 그렇지 않습니다. 그때부터 제가 하는 모든 활동은 인정 투쟁 같았습니다. 석사 과정을 시작한 2015~2016년만 하더라도 웹소설 관련 논문이나 연구 주제를 발표하면 이해하는 사람이 거의 없었습니다. 국문과 대학원생은 대부분 시나 소설, 그중에서도 근현대 문학을 공부하겠다고 입학했다 보니 웹소설은커녕 도서대여점의 장르소설조차 읽어보지 않은 경우가 많았거든요. 그렇다 보니 팬덤 내부에서는 당연히 알 거라고 생각한 소설의 내용이나 코드, 클리셰 등을 상세히 설명하고 작품으로 논증하는 시간이 필요했습니다. 개인 연구자가 감당할 만한 범위가 아니었죠. 당시 한 선배가 당장의 개별 연구로 성공하기보다는 후속 세대가 이어서 연구할 수 있도록 데이터베이스를 누적한다는 생각으로 10년간의 근간을 쌓는 데 집중하는게 낫지 않겠느냐고 조언할 정도였습니다.

지금 현장에 발표된 웹소설 관련 연구물은 저와 비슷한 과정을 거치며 눈물로 일궈낸 산물인 경우가 많습니다. 교수들을 비롯한 동료 연구자의 부정적인 인식과 시선까지 뛰어넘어 뚝심을 갖고 웹소설을 연구하겠다는 사람들의 연구물 말이지요. 그들은 웹소설이 나오기 이전의 도서대여점 소설 시절부터 장르문학을 즐겼고, 거기에 푹 빠져 대학에 가 공부했으며, 대학원까지 진학해 연구했습니다. 저 역시 두 번째로 대학교에 입학한때가 2011년이었으니 웹소설이라는 명칭이 보편화되기 전이었고, 첫 웹소설 관련 논문을 발표하기까지 7년 사이에 웹소설이라는 형식이 구체화되었지요. 웹소설 시장이 확대되어 이 영역에 관한 논문을 쓴 것이 아니라, 논문을 쓰다 보니 웹소설 시장이 호황을 맞은 겁니다.

처음으로 소논문을 쓰던 때가 기억납니다. 석사 학위를 받고박사 과정을 준비할 때 학부 시절 은사님의 연락을 받았습니다. 선생님과 관련이 있던 학회에서 웹소설과 디지털 콘텐츠에 대한 논문을 수집하고 있으니 소논문을 발표해보라는 제안이었지요. 제가 있던 대학원은 석사 과정에선 소논문을 쓰지 않아도 되었기에 당시에는 작성해본 적이 없었습니다. 처음으로 연구장에서 결과를 발표할 기회를 앞둔 병아리 연구자는 자신감과 사명감에 불탔습니다. 소논문 발표를 위해 어떤 이야기를 하면 좋을지 여러모로 고민했지요.

그때 이런 생각을 했습니다. 10년 동안의 데이터베이스를 누적해야 한다면 시장의 목소리에 조금 더 중점을 둬야 하지 않을까? 그래서 웹소설 작가를 주인공으로 한 웹소설, 웹소설 쓰기에 대한 웹소설 등 메타 웹소설을 끌어모아 작가가 웹소설과 장르문학을 어떻게 이야기하는지 정리하기로 했습니다. 웹소설은 대중의 공감을 바탕으로 하니, 판매량이 많고 호응이 좋은 메타 웹소설을 분석한다면 팬덤이 웹소설을 어떻게 생각하는지에 대한 데이터베이스가 될 수 있다고 판단했거든요. 완성된 논문은 지금 보면 어설프고 논리도 빈약합니다만, 그때의 문제의식만큼은 지금까지 제 연구 방향으로 자리 잡고 있습니다.

그때 논문의 첫 번째 자료로 삼았던 작품이 우지호의 「빅 라이프」입니다. 이 소설의 주인공은 문예창작학과 출신의 삼류무협소설 작가인데, 성과를 내지 못해 생활고에 시달립니다. 그러던 주인공이 이전 세대 전설적인 문호의 유품을 손에 넣으면서 뛰어난 소설을 써낸다는 내용이 중심 줄거리입니다.

이 웹소설에는 좋은 글이면 언제, 어디에서든 그 가치를 인정받을 수 있다는 믿음이 깔려 있습니다. 주인공은 장르문학과 제도권 문학을 넘나들면서 엄청난 흥행을 거두는 상업 작가가 되기도 하고, 훌륭한 문학상을 수상하는 제도권 작가가 되기도 합니다. 그런데 흥미롭게도 초기 메타 웹소설과 달리 2016년 이후에 나온 작품에서는 이러한 경향이 사라지고 주인공들은 웹소설이나 게임 시나리오, 영화 시나리오 등 상업소설에서의 성공만을 추구합니다. 소설 속 세계에서 문학상의 권위가 사라지고 좋은 글이라는 기준이 파편화됩니다.

제가 논문에서 중점적으로 파고든 것도 바로 이 지점이었습니다. 초기 장르문학 시장에서는 국어국문학과에서 인정하는 웹소설의 미학적 가치와 예술성에 연연했을지도 모릅니다. 하지만 이제 웹소설은 기존의 제도권 문학에서 인정하는 문학의 가치에 골몰하지 않고, 독자적인 미학을 축적하며 그 안에서 상업적 가치를 첨예하게 다듬고 있기에 이러한 기준에 따라 새로운 독해 방법에 몰두할 필요가 있다고 주장한 것이지요. 학생들에게 두 번째 작품으로 「빅 라이프」를 권한 것도 이러한 이유 때문이었습니다.

만화나 웹툰 계열 진로를 생각하는 학생들은 입시 미술학원에 다닙니다. 이 과정에서 만화, 애니메이션, 웹툰 등 특화된 교육을 받지요. 하지만 웹소설 관련 학과에 입학한 학생은 문예창작학과 입시 과외나 학원을 통해 준비한 경우가 많았습니다. 장르문학을 전문적으로 배울 수 있는 입시 학원은 드물뿐더러, 있다 하더라도 과외 정도에 그쳤으니까요.

그렇다 보니 이런 학생들에게 제도권 문학과 장르문학의 차이를 알려주고, 나아가 글을 쓴다는 것의 교집합과 여집합을 작품으로 알려줘야만, 기존의 입시 교육 과정에서 습득한 이질적인 정보값을 벗겨낼 수 있었습니다. '네이버' 연재 플랫폼에서 데뷔한 한 학생은 수업 중「빅 라이프」를 읽고 이런 감상을 남기기도 했습니다.

나도 글을 쓰고 있기 때문일까. 굉장히 몰입하면서 읽었다. 특히 장르소설을 쓰며 승승장구하는 주인공이 성공하는 장르문학을 쓰려면 어떤 능력을 갖추고 글을 어떻게 대해야 하는지 알려주는 모습을 통해, 장르문학을 쓰기 위해 갖춰야 할 소양에 대해 잘 알려주는 소설이란 생각이 들었다.

'한산이가'라는 필명을 쓰는 이낙준도『웹소설의 신』(비단숲, 2022)이라는 작법서를 통해 재미있는 시도를 했지요.『웹소설의 신』은 단순한 작법서가 아니라 웹소설 형식으로 만들어진 작법서, 즉 메타 웹소설입니다. 이러한 스토리텔링 방식은 독자로 하여금 웹소설이 무엇인지, 웹소설을 어떻게 다뤄야 하는지 친숙하고 흥미롭게 접근할 수 있도록 돕습니다. 웹소설을 정확하게 설명할 수 있는 건 제가 쓰는 연구서나 에세이가 아니라 그들이 직접 쓴 웹소설일 겁니다. 웹소설 시장에 대한 메타 웹소설은 웹소설 편집자의 삶을 다루는 소설에서부터 웹소설 학과를 만드는 교수의 이야기로까지 확장될 정도이니까요.

웹소설 읽기는 어떤 방식의 사랑인가?
「전지적 독자 시점」

얼마 전 웹소설을 쓰고 싶다는 분과 만났습니다. 소셜미디어를 통해 비슷한 연락을 받곤 합니다. 이런 연락이 오면 그들과 한 번 이상 만나 이야기를 나누고 필요한 과정을 안내합니다. 처음 만나 왜 웹소설에 관심을 가지게 되었는지 물어보았더니, 그분이 이야기하더군요. 좋은 웹소설 한 편이 자신의 편견을 깨부쉈다고요. 「전지적 독자 시점」이냐고 물었더니 "아, 어떻게 아셨어요?"라는 답변이 돌아왔습니다. 당연히 알 수밖에 없지요. 대학에서 강의를 하며 가장 많이 들은 작품 제목이거든요.

많은 학생이 고등학교 시절 누군가의 추천으로 웹소설을 처음 읽었는데, 그 소설이 인생 최고의 작품이었고, 그래서 이런 웹소설을 쓰고 싶어졌다고 말합니다. 인터뷰한 사람 중에선 웹소설이 뭔지 잘 몰랐는데 누군가의 추천으로 「전지적 독자 시점」을 읽은 후 웹소설에 대한 편견이 깨진 것은 물론이거니와 이 작품이 자신에게 큰 힘이 되었다며 석사 논문까지 쓴 연구자도 있었습니다.

「전지적 독자 시점」은 현시대를 대표하는 웹소설 중 하나이자, 웹소설을 이야기할 때 대중이 가장 먼저 떠올리는 작품입니다. 「전지적 독자 시점」을 둘러싼 지표와 기록은 어마어마합니다. 2018년 웹소설 플랫폼 '문피아' 연재 후 누적 판매 1위를 기록했고, '네이버 시리즈'에서 1억 뷰를 넘겼으며 작품 수입만 100억 원이 넘습니다. 원작을 웹툰화한 「전지적 독자 시점」이 '네이버' 대표 웹툰 중 하나로 자리 잡기도 했고, 현재 5부작 영화로도 만들어지고 있죠. 종이책도 출간 5일 만에 전 8권 세트가 8,700질이나 판매되며 이슈가 되었습니다.

그런데 이 정도 판매고나 다양한 IP 활용 사례를 보여주는 작품은 꽤 있습니다. 일본 '코미코'에서 1위를 차지하며 웹툰과 소설 모두에서 큰 성공을 거둔 「나 혼자만 레벨업」을 비롯해 '네이버 시리즈'에서 1위를 기록한 「화산귀환」, 종이책과 웹소설뿐만 아니라 웹툰과 게임으로도 성공을 거두며 '카카오페이지'의 생명줄이 되었던 「달빛 조각사」 같은 작품들 말이지요. 그렇다면 왜 많은 독자와 웹소설 작가 지망생은「전지적 독자 시점」이 자신의 인생작이며 이것으로 웹소설에 대한 편견이 깨지고 웹소설 또한 예술의 한 갈래라는 걸 알게 되었다고 할까요? 답을 찾기 위해서는 웹소설 독자와 그 구조에 대해 짚어봐야 합니다.

한국 판타지 소설의 역사를 따라가다 보면 주인공 대부분은 장르문학, 특히 판타지 소설을 읽는 '나'라는 걸 알 수 있습니다. 이러한 경향은 1999~2003년에 작품 수가 폭발적으로 증가했던 퓨전판타지 소설에서 시작되었습니다.

1990년대 초 시작된 판타지 소설 열풍은 도서·비디오 대여점 사업과 맞물려 젊은이들 사이에서 폭발적이었지요. IMF 이후 많은 가게가 망했고, 그 공실을 채운 것이 도서대여점이었습니다. 큰돈을 들이지 않고 최소한의 인테리어만 하면 특별한 기술 없이 운영 가능한 사업이었지요. 이 시기를 전후해 도서대여점은 전국적으로 약 3만여 개가 생겨났고, 이곳에서 싼 가격으로 장르문학을 빌려 읽을 수 있었던 청소년들은 만화와 판타지 세계에 빠져들었습니다.

학업 스트레스에 시달리던 청소년들은 판타지 소설을 읽으며 현실의 어려움을 잠시나마 잊을 수 있었습니다. 그리고 꿈을 키우게 되었습니다. '나도 이런 소설을 쓰고 싶다.' 그런 그들이 작가로 데뷔한 시기가 1990년대 말에서 2000년대 초반이었습니다. 이때 접속이 어려운 PC통신이 아니라 웹 브라우저를 통한 장르문학 사이트가 폭발적으로 증가했기 때문입니다. '라니안', '삼룡넷', '모기판타지'(다술의 전신), '판타지 월드' 등 다양한 사이트에서 소설이 연재되었지요. 이들이 소설의 주인공으로 삼았던 것은 판타지 소설을 읽으며 스트레스를 풀었던 자신이었습니다. 그렇기에 2000년대 초반에 나왔던 퓨전판타지 소설의 주인공을 살펴보면 학업 스트레스에 지쳐 있다 판타지 세계로 넘어가 천편일률적인 수능 제도를 비판하며 자유로운 세상에서 자신만의 개성을 펼치는 데 주력합니다.

그러나 이 시기 작가들에겐 한계가 있었습니다. 수능 제도와 학업에 대한 스트레스를 받고 있긴 했지만, 그 제도를 공격할 수 있는 수단이 없었거든요. 판타지 소설을 읽으며 행복한 순간을 보냈지만, 이는 소유할 수 있는 세계가 아니라 대여 기간이 끝나면 반납해야 할 허상과 같은 것이었습니다. 그렇기에 주인공들은 이 세계를 피해 다른 세계로 넘어감으로써 서사의 목적을 소실해버렸습니다. 그들의 목표는 이 세상을 벗어나는 것이었기 때문에, 다른 세계로 넘어간 순간 또 다른 욕망과 목적을 발견하기 힘들었지요. 그렇기에 이 시기에 나온 많은 소설을 일컫는 멸칭이 '이고깽'입니다. '이세계로 넘어간 고딩이 깽판을 친다'는 이 시기 소설 속 주인공의 목적과 서사의 소실을 잘 나타내는 표현이라고 할 수 있지요.

작가들은 자신의 체험을 소설 속 '나'의 모습으로 끊임없이 구현했습니다. 판타지 소설을 읽으며 즐거웠던 나는 이후 게임판타지 소설에서 게임을 플레이하고 약간의 어른이 되어버린 나로 변했습니다. 2000년대 중반에 나왔던 게임판타지 소설 『레이센』의 '서문'을 보면 26세가 된 작가와 주변 친구들을 모티브로 했다는 얘기가 나옵니다. 지금도 웹소설의 주인공 '나'는 작가와 독자의 공감대가 형성될 수 있는 보편적 개인으로 형상화되곤 하지요.

다시 「전지적 독자 시점」으로 돌아옵시다. 다른 인기 웹소설과 「전지적 독자 시점」의 가장 큰 차이점이라고 한다면, 웹소설 읽기에 대한 웹소설이란 점입니다. 「전지적 독자 시점」의 주인공 김독자는 웹소설을 읽는 나에 대한 이야기인 동시에 웹소설을 비롯한 다양한 서브컬처로 삶을 지탱하는 수많은 독자의 대변인인 셈이지요. 많은 독자가 「전지적 독자 시점」의 주인공 김독자와 유중혁, 그리고 한수영에게 몰입하는 건 그들이 매력적이기 때문만은 아닙니다. 그들은 소설 속에서 웹소설이 무엇인지, 소설과 콘텐츠는 무엇이고 캐릭터는 무엇인지, 서브컬처와 대중문화를 사랑한다는 것이 자신에게 어떤 의미인지를 증명하는 사람들이거든요.

다른 웹소설의 경우 주인공 나를 통해 보편적인 현대인을 그림으로써 작가와 캐릭터, 독자의 공감대를 이끌어내는 것이 목적이라면, 「전지적 독자 시점」의 경우 한 걸음 더 나아가 웹소설 읽기란 무엇인가, 콘텐츠를 소비한다는 것은 나에게 어떤 의미인가라는 질문의 답을 내놓음으로써 독자들의 자연스러운 몰입을 이끌어냅니다.

「전지적 독자 시점」의 서사는 판타지 소설을 읽어온 나에게 끊임없이 동경을 표하고 인정받으려는 투쟁에 가깝습니다. 한 웹소설 관계자는 출퇴근 시간 지하철, 웹소설이 무시당하는 사회에서 웹소설을 읽는 김독자가 마침내 그 독서의 행위로서 이 세계에 우뚝 선 것은, 「전지적 독자 시점」이라는 거대한 작품이 이끌어낸 사회의 변화 같아 소회가 깊다고 말하기도 했습니다. 실제 「전지적 독자 시점」에서 구현된 '시나리오' 디자인의 초기 모습은 당시 유행하던 현대 웹소설 레이드물이나 헌터물의 클리셰를 충실하게 따르고 있지만, 시나리오가 진행될수록 1990년대 초반부터 웹소설까지 판타지 소설의 발달 과정을 박제해 놓은 듯한 구성을 마주하게 됩니다.

2020년 소셜미디어를 이용해 「전지적 독자 시점」 관련 설문 조사를 했습니다. 웹소설을 주로 읽었던 독자층이 아니라 2차 창작을 바탕으로 팬덤 활동을 하는 독자들을 대상으로 했습니다. 1,912명의 응답자 중 판타지 소설은 「전지적 독자 시점」만 읽었다고 한 사람은 122명(6.3%)이었고, 「전지적 독자 시점」과 비슷한 소설을 제한적으로 읽는다고 한 사람은 602명으로 31% 정도였습니다. 「전지적 독자 시점」 이전에 판타지나 무협 장르의 독서 경험이 없는 사람은 29.8%로 569명이 답했습니다.

수치만으로 살펴보자면 판타지 소설을 즐기지 않던 독자들은 다양한 코드의 집합체인 「전지적 독자 시점」의 서사에 몰입하기 어려워야 할 겁니다. 몰입과 공감은 이해를 전제로 하기 때문입니다. 그럼에도 불구하고 「전지적 독자 시점」이 웹소설을 읽어본 적 없는 수많은 독자를 매혹하고 그들의 목소리를 대변할 수 있는 까닭은 김독자의 모습에 대중문화, 서브컬처에 몰입한 나를 대입하고, 자신의 존재를 있는 그대로 사랑해주고 받아들이는 그의 목소리에 장르관습을 뛰어넘어 공감할 수 있기 때문이겠지요.

그렇기에 저는 세 번째 수업에서 「전지적 독자 시점」을 다룹니다. 웹소설과 웹소설 문법이 무엇인지 충분히 알고 「전지적 독자 시점」을 읽으면 학생들이 웹소설에 조금 더 깊게 공감하고 접근할 수 있으리라는 믿음 때문입니다.

「전지적 독자 시점」은 지금도 웹소설계의 거장으로 그 위치를 공고히 다지고 있습니다. 다양한 메타 웹소설이 꾸준히 나왔지만 웹소설 쓰기에 대한 것이 많을 뿐, 웹소설을 읽는다는 것, 나아가 소설의 본질을 이야기하는 작품은 많지 않습니다. 정수일의 「문과라도 안 죄송한 이세계로 감」 정도가 대중문화를 사랑하는 것이 무엇인지에 대해서 꾸준히 이야기하고 있으며, 「데뷔 못하면 죽는 병 걸림」이 아이돌을 좋아하는 사람들과 그 애정에 대한 이야기를 들려주는 정도입니다. 흔히 메타적인 작품은 한 매체나 장르의 문법이 극한에 달했을 때 등장한다고 합니다. 「전지적 독자 시점」이라는 거인의 발걸음이 존재하니, 조금 더 기다려본다면 웹소설 읽기란 무엇인지, 그리고 그것을 읽는 나는 누구인지 따뜻하게 이야기해주는 작품이 계속해서 나오지 않을까 기대해봅니다.

독서에서 놀이로, 독자에서 유저로
「마운드 위의 절대자」

　앞서 다뤘던 「전지적 독자 시점」을 조금 다른 방식으로 이야기해보고자 합니다. 「전지적 독자 시점」은 서브컬처를 좋아하는 이들에게 건네는 다정한 위안이자 위로라고 했습니다. 동시에 판타지 소설을 좋아하는 사람들의 독서 역사가 재현된 작품이라고도 했지요. 2003년 이후 한국 판타지 소설에서 가장 중요한 변화는 게임이 판타지 세계로 들어와 하나의 코드로 자리매김한 것입니다. 「전지적 독자 시점」 역시 내용과 요소를 차분히 살펴보면 게임과의 연결고리를 발견할 수 있습니다.

　「요리의 신」부터 「전지적 독자 시점」까지, 현대 판타지 소설에서 게임과 판타지 소설은 뗄 수 없는 관계입니다. 인물의 능력을 계량화하고, 계급 구조를 통해 레벨이 상승할수록 할 수 있는 일이 늘어나는 시스템이 갖춰지고, 내가 할 수 있는 행위를 '스킬'이나 '어빌리티'라고 이름 짓는 시도가 반복되지요. 「요리의 신」에서 조민준의 고민은 어떤 요리를 만들어야 하느냐가 아니라 '조리 레벨 10과 미식 레벨 10은 어떤 경지인가?'와 같은 형태로 존재합니다. 물론 그 근간에는 '최고의 요리란 무엇인가?'라는 질문이 자리하겠지만, 최고라는 추상적 개념을 열 개의 레벨로 계량화하는 바탕에는 자본주의의 구조와 게임이라는 연결고리가 있지요.

「전지적 독자 시점」은 현대 판타지 웹소설의 거의 모든 클리셰를 끌어와 그것을 소설 속의 '시나리오'로 삼았습니다. 그러나 지금 이야기할 대상은 시나리오가 아니라 그 시나리오를 클리어해나가는 인물, 「전지적 독자 시점」의 주인공 중 한 명인 유중혁입니다. 많은 사람이 유중혁을 무한 회귀를 반복하는 캐릭터로만 기억합니다만, 유중혁에겐 한국의 판타지적인 설정이 하나 더 덧붙습니다. 소설 속 세계로 끌려오기 전 유중혁의 직업이 프로게이머라는 설정입니다. 이는 게임을 좋아한다 정도의 과거 배경으로 끝나지 않고, 스테이터스에 '게임'이라는 능력이 박혀 있고, 이는 소설 속 '시나리오'를 빠르게 극복할 수 있는 이유로 중요하게 다뤄집니다.

여기서 우리는 한 가지 현상을 마주합니다. 몇 년 전만 하더라도 게임은 우리 삶에 필요 없는, 잉여적인 행위에 불과했습니다. 그런데 판타지 장르의 문법에서는 이러한 게임과 게임 능력을 생존에 필요한 것이라고 규정한다니, 현실과의 괴리감이 느껴지지요. 물론 최근에는 게임을 하나의 스포츠로 받아들이는 등 사회적 인식이 변화하고 있긴 합니다.

그러나 괴물이 난무하고 수많은 초능력이 존재하는 판타지 세상에선 다른 스포츠 능력보다 게임 능력이 생존에 도움이 된다고 여기는 게 신기합니다. 특히 이런 판타지의 클리셰에서 게이머인 주인공은 무도인, 스포츠인, 조폭, 군인이나 용병보다 뛰어난 능력을 지닌 인물이라고 설정하며, 이러한 인물이 「전지적 독자 시점」에서 주인공 김독자의 도움을 받는 주변 인물이라는 것은 자못 흥미롭습니다.

이렇듯 「전지적 독자 시점」을 비롯한 현대 웹소설의 대표적인 클리셰를 분석하면 웹소설 독자이자 게임을 즐기는 유저가 게임과 판타지 세계를 어떻게 생각하는지 복합적으로 엿볼 수 있습니다. 그들의 세계관에선 게임을 플레이할 때 필요한 수많은 요소와 스포츠에서 필요한 신체 요건은 다르지 않습니다. 찰나의 판단력으로 인치 단위의 모니터 그래픽을 파악하는 동체시력, 다양한 스킬 정보와 타인의 정보를 외우는 암기력과 적재적

소에 사용할 수 있는 초 단위의 결정력 등 게임을 잘 하기 위해 선 기본적인 인간의 능력이 아니라 잘 발달된 신체 능력이 더욱 요구되는 세상이 되었지요.

하지만 이러한 능력들을 '생존'이라는 테마와 연결 짓고 이해 하기 위해선 한 가지가 더 필요합니다. 디지털 영역에서 수치화 되고 프로그래밍된 가상의 시공간과 능력이 현실에서도 똑같 이 적용된다는 '초현실감'입니다. 스마트폰이나 인터넷 통신망 등 가상의 시공간에서 늘 연결되어 있다는 '초연결감각(초연결 지능)'처럼요.

게임과 현실이 맞닿는 순간, 현대 판타지는 현실에 가해지는 놀이 혹은 비평으로 변합니다. 예를 들어 코에이KOEI사에서 제 작한 〈삼국지〉 게임은 무장의 능력치를 매력, 정치력, 지력, 무 력 등으로 구분합니다. 이는 삼국지 시대에 살아남기 위해, 이 름을 남기기 위해 무장은 이러한 능력을 갖춰야 한다는 코에이 사의 주관이자 메시지인 셈입니다.

웹소설에서도 마찬가지입니다. 「요리의 신」에서 주인공 조민 준은 최고의 요리사가 되기 위해 미식, 조리 등 다양한 분야의 능력치를 향상시켜야 합니다. 그것은 작가가 주인공에게 부여 한 이질성이자 특권입니다. 동시에 최고의 요리사는 최소한 이 정도 분야에서 특출나야 한다는 뚜렷한 메시지이며, '스타 요리사'라는 말을 들었을 때 독자가 자연스럽게 떠올리는 능력이지요. 그리고 이러한 시스템은 주인공을 스타처럼 만듭니다. 방송문화진흥회가 펴낸 『방송대사전』에 따르면 "스타는 흔히 우상 숭배와 유사한 방식으로 숭배되는 특정 개인, 가공적인 인물상을 구현하는 것으로 간주하는 인물"이라고 하지요. 요리를 잘하거나 미감이 뛰어나다고 해서 주인공이 될 수 있는 것이 아닙니다. 대중과 작가가 완벽하다고 생각하는 인물을 설정해 두고, 아직은 불완전한 인간이 시스템을 통해 성장하며 그 이상향으로 끊임없이 개조하는 것이지요.

그래서 저는 웹소설을 이야기할 때 서브컬처 철학 분야에서 유명했던 '게임적 리얼리즘'을 언급하곤 합니다. 웹소설을 읽는 사람들은 현실을 그대로 받아들이지 않고 한 편의 게임 속 무대를 바라보듯 합니다. 시스템이 만들어진 알고리즘과 메커닉에 따라 코인을 끝없이 넣으며 마침내 엔딩에 도달하는, 불멸의 신체를 가지고 남은 건 승리밖에 없는 게임 캐릭터의 삶을 '리얼'하다면서 개연성을 따지며 독해합니다. 이러한 독서 과정에서 독자는 활자 매체의 텍스트를 읽어내는 근대적 독자가 아니라 독서하는 동시에 접속하고, 접속하는 동시에 플레이하는 다면적 사용자가 됩니다.

여기서 한 가지 질문을 해보겠습니다. 웹소설 독자가 게임과 같은 가상의 세계를 리얼하다고 느낀다면, 이를 내면화하지 못한 일반 독자는 웹소설이라는 대상을 제대로 알 수 있을까요? 이 질문은 웹소설 연구자나 교육자가 비웹소설 독자들을 웹소설이라는 세계로 끌어들이기 위한 핵심입니다. 웹소설이 무엇인지 알기 위해선 이러한 차이점을 포착하고 어떻게 독해해야 할지 알려줘야 하거든요.

디다트의 「마운드 위의 절대자」를 네 번째 소설로 고른 것은 이러한 이유에서였습니다. 고등학교 2학년 때까지 야구선수를 꿈꾸었던 이진용은 부상과 성적 부진으로 야구를 그만두었지만, 어느 날 '베이스볼 매니저'라는 게임 시스템 창을 얻고 전설적인 야구선수 영혼의 코칭을 받으며 명선수로 거듭납니다. 작가는 웹소설 시장에서 위대한 업적을 쌓았으며, 클리셰를 다루는 방식이 훌륭합니다. 특히 「마운드 위의 절대자」는 웹소설 독자가 클리셰와 성공 일변도의 작위적 서사를 어떻게 파악하고, 어떻게 다뤄야 하는지를 잘 보여줍니다.

주인공은 야구 경기에서 승리를 거두거나, 홈런을 치거나, 퍼펙트게임 등을 달성하면 룰렛을 돌릴 수 있고, 룰렛에서 야구 경기에 도움이 되는 스킬을 얻습니다. 문제는 룰렛에서 말도 안되는 결과가 계속 나오고 주인공은 쉽게 승리한다는 점입니다. 웹소설 독자는 이러한 승리 공식이 낯설지 않을 것입니다. 고전적 RPG에서 물리 내성이 있는 몬스터가 나오는 던전에 도착하기 직전에 마법사 캐릭터를 동료로 얻을 수 있듯이, 게임 속 세상이란 기획자와 프로그래머에 의해 계산적으로 설계되고 레벨링 되는 공간이니까요. 웹소설 역시 복선을 깔고 필연적인 구조 안에서 작가 편의적 서사가 이어진다 하더라도, 작가의 역량에 의해 어떻게, 어느 정도로 만족감을 줄 수 있는지 세세한 부분에서 차이가 납니다. 웹소설 독자들은 그 차이로 인해 작품을 온전히 즐길 수 있습니다. 하지만 비웹소설 독자에게는 이러한 작위적인 서사가 거북하게 느껴질 가능성이 높지요.

그때 완충재 역할을 하는 것이 김진호라는 영혼입니다. 이 상황에 대해 끊임없이 불합리하다고 외치고, 주인공의 성공을 저주하고, 그러면서도 응원하며 달라붙어 있는 양가적 존재가 독자의 마음을 대변하며 소설에 쉽게 몰입하도록 도와줍니다. 가장 비현실적인 존재가 가장 현실적인 독자의 마음을 사로잡는다는 아이러니가 이 소설의 재밌는 점입니다.

미디어를 통해 스포츠 경기를 멀리서 볼 경우 승자와 패자를 가르는 경쟁 구도의 콘텐츠라고 여기지만, 가까이 들여다볼수록 선수 개개인의 서사에 주목하고, 팀에 주목하고, 마침내 그들이 경기에 나서는 이유, 이겨야 하는 이유, 모든 고난과 시련을 극복하고 승리해가는 서사에 주목하게 됩니다. 이렇듯 스포츠 선수를 중심으로 서사에 주목하는 구조가 웹소설과 맞물리며 탄생한 것이 스포츠 웹소설이란 장르인 셈입니다. 「마운드 위의 절대자」는 현대 판타지라는 장르의 다양한 확장 과정을 소개할 뿐만 아니라 작가 지망생들에게 오타쿠가 아닌 게임 유저를 겨냥해야 한다는 점을 시사합니다. 소설에서 게임 시스템이라는 요소가 이질감 없이 구현된 것은 한국 사회에서 게임과 게이머라는 존재가 더 이상 마니악한 문화가 아닌 보편적 문화의 한 형태로 자리 잡았다는 사실을 증명합니다.

　여기까지 보면 웹소설, 그리고 현대 판타지는 추상적인 영역을 객관화·수량화하는 것처럼 보입니다. 그러나 다음에 소개할 「천재 배우의 아우라Aura」는 그러한 상식을 넘어섭니다. 추상적이고 예술적인 것을 있는 그대로 묘사하는 것이 독자에게 어떻게 다가가는지 잘 알려주는 작품이니 말입니다.

우리는 왜 천재를 원하는가?

「천재 배우의 아우라Aura」

어릴 적 어머니가 집에 사 두신 책들을 읽다가 독서에 흥미를 느낄 무렵, 『해리 포터』가 언론에 대서특필로 보도됐습니다. 이 책을 어머니가 사 오셨고, 그렇게 판타지 세계와 만나게 되었습니다. 『해리 포터』는 흥미로운 이야기였습니다. 호그와트를 배경으로 펼쳐지는 화려한 마법과 퀴디치 경기 등은 초등학생의 가슴을 두근거리게 했지요. 이후 비슷한 이야기를 찾기 위해 방문한 도서대여점에서 『드래곤 라자』를 만났고, 그때 판타지 소설에 대한 열망이 생겼습니다.

그러나 제가 글을 쓰게 된 계기는 판타지 세계를 꿈꾸게 했던 명작 소설 덕분이 아니었습니다. 열두 살의 저는 경험해본 적 없는, 새롭고 낯선 세계를 만들 만한 지식도, 용기도 없었습니다. 글을 쓰게 된 결정적 계기는 게임 잡지에서 우연히 본 「머린의 꿈」이라는 소설이었습니다. 나중에 검색해보니 하이텔에서 엄청난 인기를 거둔 권호섭의 작품이라고 하더군요. 큰 충격이었습니다. 작가가 세계를 다 만들 필요가 없고, 기존의 게임이나 영화, 만화 같은 것에서 가져와도 된다는 사실을 깨달았거든요. 우리가 흔히 말하는 2차 창작, 팬픽의 존재를 그때 알게 되었습니다.

〈스타크래프트〉, 〈스피리추얼 소울〉, 〈포켓몬스터〉 등 당시 좋아하던 게임의 요소를 조합해 소설을 썼습니다. 배틀크루저를 타고 우주를 활공하는 뮤츠의 이야기를 A4 세 페이지 정도로 창작해 인쇄한 뒤 학교에 가져갔습니다. 대사를 적는 법조차 몰라 '이름: 대사' 형식으로 어설프게 쓴 소설이었습니다. 소설은 친구들에게 폭발적인 호응을 얻었습니다. 한 친구가 "이거 돈 받고 팔아도 되겠다"고 말해주었고, 그 말 한마디에 아마추어 작가 생활을 시작하게 되었지요. 그게 25년이 훌쩍 지난 지금까지 이어질 거라곤 생각하지 못했지만요.

소설가의 꿈을 키워가는 여정은 좌충우돌이었습니다. 웹툰, 만화, 애니메이션 같은 콘텐츠 창작은 미술학원에서 배울 수 있지만, 소설가, 그중에서도 장르문학이란 협소한 범위를 위한 사설 교육 시설은 찾기 힘들었거든요. 당시에는 그럴듯한 작법서도 없었던 탓에 정보를 찾기 위해선 온라인 커뮤니티 등을 기웃거리는 수밖에 없었습니다. 이런 커뮤니티에서는 외국 출처의 번역 글이나 나온 지 오래된 제도권 문학의 작법서를 읽고 토론하며 의견을 나누는 경우가 많았죠. 처음으로 이 영역의 전문가에게 제 글을 선보이고 피드백을 통해 교육을 받은 건 스물다섯 살, 동기들보다 다섯 살 늦게 대학에 입학한 후였습니다.

그때 제 소설을 읽은 교수님이 캐릭터 조형에서 아마추어리즘이 강하게 느껴진다고 했던 기억이 납니다. 제 단편의 주인공은 미술에 천재적인 재능이 있었는데, 작품에 천재 캐릭터를 쓰면 일상생활에서 마주하는 보통 사람이 아닌 천재를 중심으로 돌아가는 특별한 사건을 바라보게 된다고 했습니다. 이것은 독자가 소설에 흥미를 잃지 않고 쫓아오게 할 수는 있지만, 세상을 되돌아보고 내면 깊은 곳에 대해 사색하는 일을 방해한다고도요. 이런 경향은 아마추어 작가가 창작할 때 많이 나타난다고도 덧붙이셨죠. 그 이야기를 들은 이후 천재가 아니라 주변의 삶과 사람의 이야기에 주목하기 위해 관찰력을 기르기 시작했습니다.

그런데 그로부터 10여 년이 지난 지금, 웹소설 세계는 수많은 천재에게 점령당했습니다. 「약먹는 천재마법사」, 「천재의 게임방송」, 「천재 타자가 강속구를 숨김」, 「음악천재를 위하여」, 「시한부 천재가 살아남는 법」, 「동생이 천재였다」, 「천재의 음악방송」, 「전생이 천재였다」 등 웹소설 시장은 적극적으로 천재 캐릭터를 주인공으로 내세우고 그들의 특별함이야말로 재미의 핵심이라고 주장하고 있습니다. 물론 주인공이 특별한 재능 혹은 타인과 다른 신체 능력이나 지적 수준을 지녔다는 설정은 웹소설에서만 나타나는 특징이 아닙니다. 영웅 설화만 보더라도 기인들의 열전이 펼쳐지고, 고전 소설에서도 남들과 다른 재능을 가진 천재적 캐릭터들이 피 튀기는 싸움을 벌이지요. 그러나 웹소설 속 천재는 기존의 콘텐츠에서 조형된 캐릭터와는 다른 방식으로 이야기를 풀어나갑니다.

앞에서 언급한 작품 제목에서 알 수 있듯, 천재는 대부분 작가가 풀어내고자 하는 영역이나 무대에서 제한적으로 우수한 능력을 뽐냅니다. 「천재의 게임방송」은 가상 현실 게임 기계에서 우수한 신체 능력을 뽐내는 주인공이 게임방송 업계의 공룡으로 커가는 내용입니다. 「천재 타자가 강속구를 숨김」은 천재적인 야구 재능을 가진 주인공이 야구계에 파란을 일으키는 내용입니다. 과거의 판타지가 검과 마법의 세계에서 천재적인 재능을 가진 사람이 모험하며 모든 것을 얻게 된다는 거대한 규모의 이야기라면, 웹소설은 제한된 영역에서 뛰어난 사람이 어떤 성공을 거두는지 개연성 있게 보여주지요. 이들 중에선 다방면으로 뛰어난 팔방미인도 많지만, 특정 영역 외에 사회생활이나 커뮤니케이션 능력, 몸을 쓰는 능력 등은 형편없는 캐릭터도 많습니다. 여기서 말하는 천재는 특정 직무나 직능을 우수하게 수행하는 이상적 노동자, 또는 예술노동자입니다.

이때 웹소설 독자와 작가가 원하는 천재란 이 세계가 안정적으로 돌아갈 수 있도록 하는 가장 이상적 상태, 안전한 정상 사회를 꿈꾸는 존재입니다. 우리는 이상을 갖고 대학에 입학하지만, 그곳에서 무능하거나 폭력적이거나 권위적인 교수님들의 무사안일한 수업을 들으며 캠퍼스 생활에 대한 낭만과 희망을 잃어버리기도 하지요. 또한 신입사원이 되어서 열정을 불태우며 열의를 다하겠다고 다짐하지만, 늙고 시들어 열정이 모두 사라진 선배들의 모습을 보며 이것이 정말 내가 꿈꿔온 회사생활이 맞는지 회의감을 느끼기도 합니다. 세상과 현실에서 느끼는 괴리감 사이를 파고드는 것이 천재 웹소설물입니다.

글술술의 「천재 배우의 아우라Aura」는 천재적인 재능을 지닌 배우가 세계적인 명배우로 성장하는 웹소설입니다. 이 작품의 가장 큰 특징은 과거 연기 분야에서 활동한 작가가 자신의 경험과 이론을 소설에 녹여냄으로써 예술과 예술적 행위란 무엇인지에 대한 고민을 잘 담아냈다는 것입니다. 특히 게임 시스템이나 레벨 시스템을 적용하지 않고, 추상적으로 좋은 예술과 좋은

극이란 무엇인지에 대해 묻고 답하는 내용은 글을 쓰는 사람들에게 좋은 교과서이자 지표가 됩니다.

제가 이 소설을 커리큘럼의 다섯 번째에 배치한 것도 이런 이유 때문입니다. 웹소설학과 학생은 문예창작학과 입시 과정을 거치는 경우가 많았습니다. 예술이 무엇인지, 문학적인 글이 무엇인지 고민하는 사람들에게 웹소설은 문학을 고민하지 않고 상업성만을 추구하는 글처럼 보입니다. 그런 그들에게 웹소설이 상업소설이란 이야기만 반복하면, 그들은 웹소설에 제대로 녹아들지 못하고 밀려나게 됩니다. 그들에게는 예술을 잘 구현한 웹소설을 선별해 알려주고, 그러한 고민을 함께 나눌 시간이 필요했습니다. 예술노동자로서 천재로 명명된 캐릭터들이 웹소설 세계의 무대에서 어떻게 자신의 존재를 선보이는지 따라가다 보면, 그들의 행보가 상업 시장에서 예술을 추구하려는 학생 자신의 모습과 겹쳐 보이기도 합니다. 바로 그 지점을 통해 웹소설이 가진 가치나 기능을 조금 더 보여주고 싶었습니다.

이런 여러 가지 요소가 깃든 소설이었기 때문일까요? 대학에서 강의할 때 학생들의 독서 만족도가 가장 높은 작품은 「천재 배우의 아우라Aura」입니다. 이를 통해 웹소설과 예술의 중심에서 균형을 잡으려는 이들에게 이 작품이 얼마나 큰 메시지를 던지는지 짐작할 수 있습니다.

매니지먼트라는 인생의 안전망
「탑 매니지먼트」

누군가 성공할 수 있는 길만 알려준다면 얼마나 좋을까요? 신자유주의 시대의 우리는 늘 선택을 강요받지만, 누구도 그 선택을 책임져주지 않습니다. 우리는 어린 나이에 꿈과 진로를 결정하고, 수능 성적에 맞춰서 대학과 학과를 결정하죠. 그 선택이 실패하면 사회로 나갈지 재수를 할지 결정하고, 거기서 나아가 학과에서 어떤 진로를 선택하고 어떤 전공을 배우고 교양을 들으며 공모전 등 외부 활동은 무엇을 할지 선택해야 합니다.

사람들은 수많은 선택의 기로에서 흔들리지만, 그 누구도 흔들리는 개인을 책임져주지 않습니다. 철학자 한병철은 선택의 중심에서 선택을 강요받지만 책임져주는 사람이 없기에 실패와 마주할 수밖에 없는 현대인의 삶을 '피로 사회'라고 명명합니다. 진취적인 삶을 위해 자신의 노력과 용단으로 결정하는 듯 보이지만, 피로를 느끼고 우울해질 수밖에 없는 암울한 고리 속으로 들어가는 것에 불과하다는 거지요. 이런 피로함은 정보의 불균형과 맞물려 강화됩니다. 우리 사회는 고도화되고 있습니다. 개인의 입장에선 사회의 흐름과 기술이 더더욱 복잡해졌지요. 그렇다 보니 선택은 불공평할 수밖에 없습니다.

그런데 이렇게 부족한 나를 성공적으로 이끌어주고 지탱해주는 매니저와 매니지먼트사가 있다면 어떨까요? 이것은 단순하게 나를 지지하는 개인이나 집단이 있다는 의미가 아닙니다. 나라는 사람의 가치를 믿어주고 지원하는 거대한 자본 구조가 있다는 말이며, 나라는 사람이 자본주의 시장에서 옳은 선택과 가치 있는 일을 한다는 증명서인 셈이지요. 웹소설에서는 이러한 욕망을 자극하는 하위 장르가 있습니다. '매니지먼트물' 또는 '엔터테인먼트물'입니다.

이러한 장르는 보통 두 가지 방식으로 구현됩니다. 하나는 주인공이 인기 없는 또는 능력 없는 연예인이었다가 성공하는 서사입니다. 무대에서 화려한 스타의 모습을 구현하는 데 성공해 가치를 인정받고, 모든 사람이 나를 사랑해준다는 이야기지요. 앞서 언급한 스포츠물이 이러한 구조와 맞닿아 있습니다. 또 다른 방식은 연예기획사 직원을 주인공으로 삼아 무명의 연예인, 아직 발굴되지 않은 풋풋한 원석, 미래에 대박이 날 신인, 퇴물이라는 소리를 들으며 쇠락해가는 연예인을 스타로 만드는 과정을 서사로 삼은 작품군입니다. 이것은 잘나가는 연예인 캐릭터를 주인공으로 삼아 승승장구하는 이야기의 웹소설보다는 조금 더 복잡하고 거대한, 엔터테인먼트 산업 구조 전체를 지향합니다. 연예기획사에서 매니저로 일하는 주인공은 사회에서 가치 있는 것을 증명하는 역할을 합니다. 사회에서 인정받고자 하는 것이 아니라, 인정해주는 쪽이며 높은 권력 구조를 향유합니다.

지금까지 살펴본 웹소설에서 주인공은 창조적 능력 또는 전투 능력을 통해 스스로 우뚝 서고자 했습니다. 「요리의 신」에서는 자신의 가게를 열고 최고의 요리사가 되는 것, 「천재 배우의 아우라Aura」에서는 최고의 배우가 되는 것이 꿈이었지요. 「마운드 위의 절대자」에서는 야구 감독이 되거나 구단주가 되어서 사람들을 돕는 것이 아니라 최고의 선수가 되어 마운드에 우뚝 서는 것이 목표였습니다. 그런데 「탑 매니지먼트」를 비롯한 엔터테인먼트물은 전면에 나서는 사람을 조명하지 않습니다. 평상시엔 보이지 않는 존재들, 선수와 스타를 만들어내는 힘, 즉 전면에 나서지 않지만 구조를 조망하는 존재에 집중하지요.

이러한 작품은 독자에게 이미 만들어진 문화 구조에 복속되기를 강요합니다. 연예인이 주인공인 소설은 어떻게 연기를 할지, 어떻게 재능을 펼칠지 한 개인의 서사에 집중하게 만드는 데 그칩니다. 하지만 매니지먼트물의 주인공은 연예계 전반을 읽고, 그 안에서 교차하는 정보를 수집하고 해석하는 인물입니다. 모두가 동경하는 스타를 관리하기에 이 사회의 비밀스럽고 고급스러운 일면을 엿보는 듯한 느낌을 주는 동시에 고급스러운 상류층 삶을 주도하는 듯 최면을 겁니다. 상류층 삶을 사는 개인이 아니라, 그러한 삶을 만들어내는 권력자가 주인공인 셈이지요.

우노 츠네히로는 저서 『젊은 독자를 위한 서브컬처론 강의록』(워크라이프, 2018)에서 이런 식으로 외부인에 불과한 관객과 청중이 무대 뒷모습을 알 수 있게끔 구성한 예능 방송을 예로 들며 이때 시청자가 느끼는 감각을 '내부인 느낌內輪感'이라고 이야기합니다. 방송 기술이 집약된 무대 위의 사람들은 우리에게 낯선 동경의 대상일 수밖에 없는데, 무대 뒤에서의 인간적인 모습을 목격하는 순간, 스타 역시 우리와 똑같은 사람이라는 공감대를 형성하고 더욱더 스타를 사랑할 수 있게 만드는 원동력으로 작동한다고 하지요. 이처럼 매니지먼트물의 욕망은 스타라는 존재를 곁에 두고, 그들을 내 손으로 성공시킬 수 있으며 나와 다르지 않다는 일체감에서 시작됩니다. 매니지먼트물의 주인공은 회사의 노동자로 시작해 스타를 만드는 연예기획사 대표로까지 승승장구합니다. 이러한 과정에서 독자는 나의 선택으로 성공한 삶, 실패를 극복하는 삶을 간접적으로 체험하지요.

물론 이런 웹소설의 서사를 긍정적으로만 평가할 수는 없을 겁니다. 세상의 불합리한 구조를 인지하면 우리는 그것을 끊어 내고 사회 구조를 변혁하기 위해 분노하며 적극적으로 움직여야만 하는데, 웹소설은 자기 계발적인 서사 구조 속에서 '너도 성공할 수 있어' 같은 환상을 재생산하거든요. 웹소설 주인공인 나는 성공할 수 있지만, 이는 불합리한 구조에서만 가능합니다. 아이러니하게도 결국 내가 원하는 건 불합리한 구조에서 기득권이 되는 것이지요.

이런 요소를 잘 버무려 매니지먼트물의 근간이자 틀을 만들어낸 작품이 「탑 매니지먼트」입니다. 독자들은 이 작품을 통해 엔터테인먼트물이 무엇인지, 대부분 웹소설에서 주인공을 맡는 스타라는 존재는 어떤 의미인지, 조력자에 불과하거나 조명 받지 못하는 캐릭터가 어떻게 스타의 역할과 지위를 획득할 수 있는지 등을 살펴볼 수 있지요.

학생들에게 매니지먼트물, 엔터테인먼트물을 추천할 때 「탑 매니지먼트」는 계륵과 같은 작품입니다. 캐릭터와 사건 연출,

구성 등 여러 면에서 최고의 소설로 꼽히지만, 작가의 건강 문제 때문에 연재가 중단되었거든요. 오랫동안 중단됐던 글을 다시 쓰려면 큰 용기와 능력이 필요합니다. 작가는 세상에 발을 딛고 사는 사람이기에 나이가 들면서 사고가 깊어지며 가치관도 변하는데, 소설 속 세계는 머물러 있기 때문이지요. 시간이 지날수록 「탑 매니지먼트」의 연재 재개는 더욱 어려워지지 않을까 생각합니다.

이렇듯 연재가 오랫동안 중단된 「탑 매니지먼트」는 잊힐 수도 있는 소설일 것입니다. 실제로 연재가 중단된 작품의 댓글 창은 독자들이 뜸해지면서 자연스럽게 폐허로 바뀌곤 하거든요. 그러나 이 작품은 지금도 댓글 창에 작가의 복귀를 기원하는 수많은 독자의 응원 글이 달리고 있으니, 이 작품의 재미나 의미를 충분히 짐작할 수 있을 것입니다.

사이버대학교 강의는 한 차례 녹화하면 3년까지 사용할 수 있기에 녹화 시기를 짐작할 수 있는 내용은 배제합니다. 계절감이 느껴지지 않는 옷을 입고, 강의할 때도 단어 선정에 고심하죠. 「탑 매니지먼트」에 대한 부분을 녹화하며 "아직 완결이 나지 않은 작품이지만…"이라고 말하다 흠칫했던 기억이 납니다. '혹시 3년 안에 작가님이 돌아오면 어쩌지?'라고 생각하며 웃어버렸고, 돌아오기만 하면 기쁜 마음으로 재녹화하면 된다고 생각했습니다. 하지만 그로부터 3년이 지났음에도 재녹화는 이루어지지 않았습니다. 제 커리큘럼은 매년 반복될 것이고, 저는 또 어디선가 이 소설을 언급하며 아직 완결이 나지 않았다는 설명을 덧붙일 것입니다. 언젠가 제가 영상을 녹화한 대학에 전화해 "제가 수업한 내용을 재녹화해야 할 것 같은데요"라고 말할 수 있는 날이 오길 바랍니다.

회귀라는 비평 행위

「재벌집 막내아들」

강연하러 갔다가 이런 질문을 받았습니다. "회귀·빙의·환생이라는 패턴이 언제까지 유행할 것 같나요?" 이 질문에 답하기 위해서는 먼저 회귀·빙의·환생의 패턴에 대해 생각해볼 필요가 있습니다. 패턴이란 일정한 형식을 띠는 플롯 공식으로, 특정 주기마다 연속되는 고정된 이야기입니다. 그러나 대부분의 작품에서 회귀·빙의·환생은 프롤로그에서 한 차례 보여주는 사건에 불과합니다. 즉 회귀·빙의·환생보다는 그것을 통해서 주인공이 어떠한 능력을 발휘할 수 있느냐가 중요합니다. 회귀의 패턴은 미래의 정보를 알고 있다는 것이며, 빙의나 환생도 비슷합니다. 이 셋을 합쳐 '회빙환'이라고도 부르는데, 이 세 가지가 똑같은 구조로 재미를 전달하기 때문입니다. 바로 정보 격차를 이용한 긴장감과 자극입니다.

회귀한 주인공은 미래의 정보를 알고 있습니다. 우리가 10년 전으로 회귀할 수 있다면 어떨까요? 우리는 2023년을 살고 있기에 과거로 회귀하면 성공할 수밖에 없는 정보가 있으며, 이것을 알고 있다는 사실은 우리를 성공할 수밖에 없게끔 밀어붙입니다. 빙의 역시 마찬가지입니다. 주인공은 소설 내용이나 게임의 플레이 공략법을 알고 있고, 그것을 바탕으로 승리합니다. 환생도 구조는 비슷합니다. 전생에 무림 고수였다거나, 특전사였다거나, 서바이벌 프로그램 출연자였고, 이런 사람들이 다른 세계에서 전생의 정보를 활용해 살아남게 되지요. 즉 회귀·빙의·환생은 장르로서 패턴이 어떻게 구성될 수 있는지 개연성을 만들고, 그 안에서 주인공이 이끌어가는 서사의 묶음인 셈입니다.

이러한 특징은 회귀·빙의·환생이라는 세 요소에서만 나타나는 것이 아닙니다. 남성향 소설에서 잠시 유행했던 '이혼물'이란 장르를 예로 들어볼까요? 잘못된 결혼으로 인생을 망친 주인공이 이혼을 통해 새로운 인생을 개척하고 승승장구한다는 서사가 이혼물의 골자인데, 여기서 이혼물을 패턴이라고 이야기하긴 어렵습니다. 이혼이란 제목 등은 독자를 유인하기 위한 미끼이자, 주인공의 승승장구를 담보하는 기초적 개연성에 불과합니다. 「이혼 후 코인 대박」이라는 소설 제목을 살펴보죠. 이혼은 주인공이 코인 대박으로 행복한 삶을 살게 되는 이야기의 장르적 개연성을 제공합니다. 작품에서 주인공은 이혼을 반복하거나, 이혼을 위한 감정이나 서사를 쌓아가지 않습니다. 이혼은 이후의 삶이 변할 수밖에 없는 당위성을 독자에게 보여주기 위한 수단에 불과합니다. 소설의 내용은 코인이 대박 나 돈을 벌고, 그 돈을 쓰는 것이 중심이 되겠지요.

결국 판타지 소설에서 장르란 웹소설에서 구현된 비현실적이고 개연성이 부족한 사건들을 독자와 작가가 합의하고 긍정하기 위한 수단인 셈이며, 이것은 작품 도입부에서 『해리 포터』를 통해 설명한 '입구'의 역할과 다르지 않습니다. 조금 멀리 왔습니다만, 앞선 질문에 대한 제 답은 다음과 같습니다.

"회귀·빙의·환생은 보잘것없어 보이는 인물이 새로운 시공간에서 성공한다는 우연적 사건을 필연적이고 운명적으로 바꾸는 촉매제입니다. 현대인의 관점이나 현대적 지식만으로는 미개한 중세 사회에서 생존할 수 없다는 사실을 잘 알고 있으니까요. 하지만 소설 속 세계는 다릅니다. 현대인의 관점을 가졌다는 것만으로도 미개한 중세 사회에서 우월감을 갖고 '아아, 이것이 위생이라는 것이다'와 같은 대사를 넉살 좋게 던질 수 있지요. 이는 환생·회귀·빙의 외에도 예지몽이나 AI, 예언서 등으로 변주되고 있습니다. 이런 작품이 성공을 거듭하면 새로운 형태의 기호는 금방 나타날 테지요.”

그리고 저는 이러한 구조를 설명하기 위해「재벌집 막내아들」이라는 작품을 교재로 삼았습니다. 산경의「재벌집 막내아들」은 대단한 작품입니다. 거대한 기업이 음모를 통해 한국 사회를 좌지우지하며 경제 발전을 이끌어가는 '재벌물'이라는 장르를 유행시키기도 했고, 한 가문의 수장이자 철두철미한 '가주' 캐릭터를 어떻게 꾸리는 게 좋은지 본보기를 제시했으니까요. 그러나 저는「재벌집 막내아들」을 이야기할 때 캐릭터의 조형보다는 대체역사와 회귀의 기능에 집중하는 편입니다.

「재벌집 막내아들」은 순양그룹이라는 재벌가에서 회장 일가의 뒤처리를 담당하던 주인공 윤현우가 회장의 비자금 문제로 죽임을 당한 뒤, 순양그룹 창업주의 막내 손자 진도준으로 환생해 그룹을 차지하기 위해 노력하는 이야기입니다. 핵심은 이 소설의 배경이 재벌 사회라는 것이고, 한국 근현대사를 관통한다는 점이지요. 주인공은 IMF에 대비해 환전하고 땅값이 폭등하는 지역에 투자하며, 경제 상황이 수없이 바뀌는 와중에 재산을 증식해나갑니다. 이것이 가능한 까닭은 주인공이 한국의 미래 상황을 알기 때문이지요. 재미있는 건 이러한 서사를 따라가며 즐거워하고 공감하는 독자의 존재입니다. 소설 바깥의 우리도 주인공처럼 소설 속 한국의 미래를 잘 알고 있기에 공감할 수 있거든요.

이 구조를 단순화해봅시다. 주인공은 미래 정보를 바탕으로 과거에서 끊임없이 성공을 거둡니다. 그런데 여기에 재벌, 그것도 한 국가의 산업을 대표할 만한 대기업 재벌 가문이 설정으로 덧붙으며 이 정보의 의미가 조금씩 변합니다. 한국 근현대사에서 재벌들이 돈을 벌던 방식에 어떤 빈틈이 있었는가, 어떤 형태로 탈법과 위법이 진행되었고, 그들의 삶은 어땠는가 등 근현대에 대기업과 국가 단위에서 이루어진 자본의 흐름을 분석하고 비평하는 논평이 끊임없이 진행되니까요.

이는 「재벌집 막내아들」에서만 작동하는 방식이 아닙니다. 파셔의 「마이, 마이 라이프!」에서는 1960년대 정권 아래 글로벌 경제 흐름의 변화에 따라 일차산업인 가발산업 노동자가 어떻게 한국 경제를 떠받드는 역군이 될 수 있었는지, 그 과정에서 발생한 노동문제는 무엇인지 이야기합니다. 레고밟았어의 「재벌강점기」는 독립운동 당시 독립운동가들의 정치 노선과 활동 방향, 자금 운용 등이 가진 문제를 이야기하죠.

이러한 논평은 다음의 세 가지 구조에서 가능합니다. 첫 번째는 웹소설의 서사가 주인공이 모든 것에서 승리하고 그 과정에서 독자에게 대리 만족을 전달합니다. 주인공이 과거로 돌아가 승리하기 위해선, 우리가 알고 있는 과거의 상처와 실패를 회복하고 바로잡을 필요가 있습니다. 두 번째는 소설이 한국의 근현대 또는 중세 역사를 다룹니다. 우리는 누적된 연구와 담론, 지식 정보를 바탕으로 역사에서 실패가 왜, 어떻게 일어났는지 알고 있죠. 세 번째는 이러한 작품은 현대물, 회귀물이라는 틀을 통해 우리에게 전달됩니다. 독자는 작가가 개연성을 조금 뭉갠다거나 현실의 복잡한 인과관계를 단순화하여 도식적으로 풀어내더라도 이것이 현실 문제 고증에 집착하는 작품이 아니기에 이야기를 쌓아가는 과정에 불과하다는 걸 이해하죠. 그 과정에서 복잡한 시대 문제가 단순화되어 콘텐츠 내의 비평 대상으로 등장하게 됩니다.

코로나 시대가 시작되었을 무렵, 코로나 시대에 대해 이야기하는 수많은 웹소설이 나왔습니다. 「역대급 글로벌 재벌이 되다」처럼 주인공이 코로나 시대 이전으로 회귀해서 코인과 주식으로 대박을 내는 소설이나, 코로나바이러스로 요식업이 망해 요리 유튜버가 된 사람의 이야기 등이 쏟아졌지요. 이런 이야기는 코로나 시대에 대박을 노릴 수밖에 없는 삶을 대변하는 한편, 어떻게 살아야 할지에 대한 고민을 보여주는 지표가 됩니다. 상상해봅시다. 10년이 지났을 때 누군가는 2023년으로 회귀한 주인공이 수많은 모험 활극을 펼치는 웹소설을 쓸지도 모릅니다. 그리고 그 소설의 주인공은 지금 이 순간의 고통을 어떻게 극복할지 끊임없이 고민하는 우리와 다르지 않겠지요. 그때가 오면 이 순간을 어떻게 기록할지 무척 궁금하네요.

가르칠 수 있는 이론, 가르칠 수 없는 기술
「김 비서가 왜 그럴까」

현장에서 웹소설을 가르치다 보면 한 명의 강사가 가르칠 수 있는 장르의 한계가 또렷하게 부상하며 앞을 가로막을 때가 있습니다. 저는 남성향 판타지 웹소설을 주로 쓰고 읽어온 작가입니다. 물론 로맨스 소설을 세 권 정도 공동 집필하여 출간한 경험이 있고, BL 소설 작가 몇 명을 교육해 데뷔시키면서 함께 작품을 구상·기획한 경험이 있습니다. 지금은 PD로 현장에서 로맨스 소설과 BL 소설을 비롯해 로맨스판타지나 로맨스 소설의 기획, 교정, 윤문, 출간까지 모든 작업을 진행하고 있지요. 그러나 이것은 일부일 뿐 수많은 데이터베이스를 바탕으로 현재 시장의 니즈를 반영한 상업적 로맨스, 로맨스판타지, BL 작품을 자신 있게 가르칠 수 있는 건 아닙니다.

강사는 한 명일지언정 교실의 수강생은 수십 명에 달합니다. 그들은 각각 다른 장르를 좋아하고, 취향도 다르며, 다양한 작품을 창작하길 바라죠. 교육자는 교육의 틀 안에서 그들을 모두 만족시켜야 합니다. 이는 다양한 장르의 웹소설 구성이나 핵심 상업성을 한두 문장이나 몇 가지 요소로 정리하는 일과는 다릅니다. 저는 이 책에서 비평이라는 테마를 통해 이야기를 하고 있습니다. 즉, 이 한계는 제가 주로 쓰고 즐기는 장르가 아닌, 그 이외의 장르도 분석하고 비평할 수 있느냐는 질문과 맞닿아 있습니다.

웹소설 교육자가 "웹소설은 다 거기서 거기인 뻔한 이야기가 반복되지 않나요?"라는 질문을 넘어서기 위해선 모든 장르나 이야기 구성 방식을 관통하는 웹소설의 핵심 비법이 있다는 말부터 경계해야만 합니다. 제가 고전적인 서술 구조나 양식 등을 확정적으로 이야기하는 것을 불쾌해하는 이유도 이 때문입니다. 수많은 연구자나 작가가 그 테두리를 뛰어넘으려고 노력하는데, 테두리를 강화하는 방식을 좋아할 순 없지요.

하지만 현실적으로 이러한 테두리를 넘어서는 건 무척이나 어려운 일이며 많은 노력이 필요합니다. 교육 현장에 있다 보면 자신이 써봤거나 할 수 있는 장르만 관성적으로 가르치고, 모르는 장르는 어떻게 가르쳐야 할지 모르겠다고 난색을 표하며 방어적으로 행동하는 사람을 만나기도 합니다. 웹소설뿐만이 아닙니다. 고전문학 전공자이기 때문에 고전문학만 가르치거나, 특정 장르의 작가이기 때문에 특정 장르 이론만 가르치거나, 자기가 좋아하는 장르만이 좋은 것이라고 가르치는 사람도 있죠. 이런 사람일수록 자신이 말하는 장르적 틀이 웹소설 전체에 적용된다고 선언합니다.

결국 이러한 수업으로 피해를 보는 건 교육 과정에서 장르를 개론적으로 배워야 하는 학생입니다. 이들을 만족시키기 위해선 내가 아는 것을 전문적으로 가르치는 것을 넘어 내가 가르쳐야 하는 것을 끊임없이 배우며 습득해야 합니다. 저에겐 웹소설 로맨스 장르가 그러한 실험이자 시도였고, 여성향 소설을 쓰려는 학생과 대화하기 위한 수단이었습니다.

다행히 웹소설 연구자 중에는 남성향 판타지보다 여성향 소설을 연구하는 분이 훨씬 많아 참조할 만한 자료 또한 많았습니다. 2015년부터 웹소설 연구를 이어온 중심엔 종이책과 전자책, 그리고 웹소설로 구현되는 로맨스 소설이 존재했고, 그것을 통해 로맨스나 로맨스판타지 소설로 이어지는 창작자들의 서사와 메시지를 이해하려는 노력이 쌓였습니다. 더군다나 로맨스 계열 작품은 남성향 장르에 비해 분량이 적어 IP 콘텐츠로의 전환 작업도 이루어지고 있어 매체 관련 연구나 분석도 많다 보니 텍스트 중심으로 수업을 진행했던 앞 차시의 판타지 강의와 다른 맥락에서 웹소설에 대한 개론 강의를 이어갈 수 있었습니다. 그렇다 보니 학생들에게 이러한 내용을 어떻게 전달할지에 대한 고민을 풀어가기 쉬웠고요.

제가 로맨스 소설의 정의나 의미를 찾아가는 데 도움을 받은 책은 리 마이클스의 『Now Write 장르 글쓰기 2: 로맨스』(다른, 2015)를 비롯해 이주라와 진산의 『웹소설 작가를 위한 장르 가이드 1: 로맨스』(북바이북, 2015), 안지나의 『어느 날 로맨스 판타지를 읽기 시작했다』(이음, 2021), 그리고 손진원과 북마녀가 쓴 『웹소설 큐레이션: 로맨스·로판·BL 편』(에이플랫, 2021)이었습니다. 개별 작품을 비평한 논문이나 저술은 많지만, 소규모 플랫폼이나 특정 플랫폼, 개별 작품의 논의를 통해 "웹소설이란 이러하다!"라고 선언한 글은 조심스럽게 분석 틀과 그 논거만을 서술하는 데에 그쳤습니다. 저는 웹소설의 범주가 넓다 보니 한정된 작품을 분석 대상으로 삼고 웹소설을 규명하려는 과도기적 논의는 조심스럽게 이루어져야 한다고 생각했습니다. 가급적 학술 담론으로서의 논의보다 로맨스 소비자와 창작자가 시장을 어떻게 바라보는지, 그들의 목소리와 연구가 어떻게 맞닿아 있는지를 더 고려했습니다. 그렇게 정리한 분석들은 로맨스를 성장하는 사랑으로 정의하고 있었습니다.

성장하는 사랑이란 중의적입니다. 하나는 지위와 삶, 성격과 배경이 다른 두 사람이 만나 사랑을 쌓아간다는 의미입니다. 잘 알고 있고, 사랑하고 있는 사람들이 사랑을 갑작스럽게 키우는 건 장르로서의 로맨스라 보기 힘듭니다. 혐오의 감정으로 시작해서 마침내 사랑을 이룩하는 서사가 로맨스 장르에서 추구하는 바에 가깝지요. 또 다른 하나는 그 사랑을 통해 서로가 성장한다는 의미입니다. 사랑을 키워가는 두 사람은 완벽한 인간이 아닙니다. 완벽해 보이지만 트라우마에 가까운 상처나 단점을 갖고 있지요. 타인을 만나 자신의 불완전한 조각을 채우고 완전해져야만 그 단점은 상쇄됩니다. 서로를 갈구하고, 사랑을 통해 성장하지요. 그렇기에 로맨스는 때로 사랑을 부차적으로 미뤄놓고, 나라는 사람의 성장과 완전해짐을 주제로 내세웁니다.

이러한 로맨스의 기본 구조를 알려주는 동시에 대중적인 취향을 알 수 있을 만한 소설을 고민한 끝에 선정한 작품은 정경윤의 「김 비서가 왜 그럴까」였습니다. 트라우마와 결핍을 가진 주인공들이 서로에게 구원받고 회복되며, 그 관계가 사랑으로 이어지는 내용을 담은 이 작품은 로맨스 장르의 전형이라 할 수 있습니다. 동시에 웹툰을 비롯해 드라마 진출까지 성공한 콘텐츠인 만큼 로맨스 장르가 어떻게 정립되는지를 순수하게 논의하기 좋았거든요. 「김 비서가 왜 그럴까」는 학생들과 웹소설 로맨스를 이해하기 위한 첫 번째 열쇠였으며, 수업에서는 이 작품에 등장한 캐릭터들의 과거 설정과 복선의 회수, 서사 분석에 집중했습니다.

물론 이러한 이론과 개념에 대한 교육이 로맨스 웹소설을 창작하겠다는 학생들에게 얼마나 도움이 될지는 미지수였습니다. 저는 그러한 부분을 확정적으로 이야기할 수 없는 사람이니까요. 제가 아는 것, 공부한 것, 그리고 연구한 것을 바탕으로 로맨스 웹소설의 이론적인 부분은 말할 수 있지만, 유명한 작품들의 창작에 대해 이야기하기 위해선 첫 발자국이 필요했죠. 그러한 고민은 이후 선정한 소설들의 수업을 진행하면서 깊어졌습니다.

그녀는 여정을 통해 사랑을 얻는다
「아도니스」

교육 현장에서 남성 강사가 로맨스 소설에 대해 이야기하기란 무척이나 어렵습니다. 로맨스 장르가 판타지나 무협과 같은 남성향 웹소설의 기준과는 잘 맞지 않기 때문입니다. 저는 웹소설을 '웹소설 전문 플랫폼에서 5,000자 내외로 분절해 유료 상거래하는 콘텐츠이며, 주로 다루는 내용은 장편의 장르문학'이라고 정의하곤 합니다. 그러나 로맨스는 종이책, 전자책으로 이어지는 유통망과 판매처가 엄연히 존재하는 만큼, 권 단위로 유통되는 경우가 많습니다. 게다가 웹소설 시장에선 장르와 플랫폼별로 편당 또는 권당 적정 분량도 다를뿐더러, 가격도 조금씩 차이가 나니 제 상식을 이 장르에 곧바로 적용하긴 어렵습니다.

그나마 로맨스의 하위 장르 중 판타지나 무협과 같은 남성향 웹소설과 시장 구조가 유사한 장르는 로맨스판타지일 것입니다. 로맨스판타지가 어디서 시작되었는지에 대해서는 의견이 분분합니다. 남성들이 판타지에서 여성 작가, 여성 주인공을 쫓아낸 뒤 여성 작가들이 만들었다는 의견도 있고, 로맨스에서 사랑의 의미를 찾지 않고 판타지 세계를 상세히 묘사하거나 그 세계에서 살아가는 서사에만 집중하다 보니 로맨스 카테고리에서 로맨스판타지 카테고리로 빠져나왔다는 의견도 있지요. 어느 쪽이 맞는지는 좀 더 정확한 연구가 나와봐야 알 것 같습니다. 확실한 건 로맨스판타지 장르는 비교적 최근에 만들어졌으며, 로맨스와 판타지의 특징을 동시에 갖고 있다는 점입니다.

고전적인 장르 판타지는 가상 시공간에서의 주인공과 그 동료 영웅들의 여정을 그립니다. 이 여정은 크리스토퍼 보글러가 말했던 '영웅의 여정 12단계'와는 조금 다를지언정 주인공이 특정한 욕망을 통해 목적을 꿈꾸고, 그 목적을 성취하는 틀로 구현하곤 합니다. 로맨스판타지 장르를 지탱하는 또 다른 축은 로맨스라는 장르의 공식입니다. 앞서 살펴보았듯 로맨스는 성장하는 사랑을 다룹니다. 종합하자면 로맨스판타지는 주인공이 자신의 결핍을 회복하고 보다 나은 존재로서 성장하기 위해 사랑의 여정을 떠나는 내용입니다.

물론 이는 로맨스판타지를 장르적 공식을 통해 간략하게 살펴본 것에 불과합니다. 지금의 로맨스판타지는 여성 캐릭터를 주인공으로 내세운 판타지 소설을 일컫는 말로 그 의미가 확장되었거든요. 주인공은 무엇이든지 할 수 있고, 그 안에서 이성과 함께하는 사랑 이야기는 예전만큼 필수 요소는 아닙니다. 최근 소설을 살펴보면 주인공이 갈구하는 건 이성에게 받는 사랑보다 이 세계가 나를 오롯이 바라보는 인정에 더 가깝습니다. 자신의 안전을 추구하고 꿈을 키우는 과정에서 사랑은 삶을 윤택하게 아름답고 행복하게 만드는 요소 중 하나지요. 남자 주인공의 구원만을 소심하게 바라는 여자 주인공은 점차 사라지고, 남자 주인공을 구원하기 위해 적극적으로 움직이는 인물을 여자 주인공으로 내세우는 경우도 많아졌습니다.

바로 이 지점이 웹소설 강사로 하여금 로맨스라는 장르를 어떻게 가르칠 것인지 고민하게 만듭니다. 사랑이라는 개념은 현대사회에서 젠더 이슈와 함께 논쟁적인 단어로 부상했기 때문입니다. 기존의 로맨스 소설은 낭만적 사랑의 성취를 통해 행복하고 평온한 가정을 만드는 모습만을 보여줬던 만큼, 정상 가족이라는 개념이 해체되고 주체적 여성의 삶을 이야기하는 현대사회에서 로맨스가 무엇인지, 무엇을 의미하는지를 끊임없이 대답하게끔 만드니까요.

이때 강사가 주로 선택하는 답변 방식이 몇 가지 있습니다. 첫 번째는 로맨스라는 장르에 가하는 비판에 반론할 수 있는 예를 듭니다. 정상 가족이나 가부장 제도의 재생산, 여성을 향한 구원의 서사로 시혜적 남성의 재현 등에 저항하는 데이터베이스를 축적한 뒤 사람들의 지적은 잘못된 통념에 불과하다고 주장하는 것이지요.

두 번째는 로맨스에서 말하는 사랑이 어떤 의미인지, 사랑의 의미를 되묻고 재해석하는 일입니다. 이것은 사랑이라는 단어를 일상적 언어가 아니라 문학적 의미로 바꾸는 비평 작업이기도 합니다. 둘 이상의 존재가 감정을 주고받는 것만이 사랑은 아닙니다. 소설에서 표현된 사랑은 그 세계 안에서 투쟁이나 무기, 성취를 위한 노력이나 목소리로 재규정되지요. 이는 이성과 대비되는 존재이자 싸구려 감성처럼 여겨지는 사랑이 이 시대에 잘못된 개념이자 감정인지 되묻는 일입니다. 이러한 철학적 접근은 우리가 사랑을 어떻게 이해해야 하는지에 대한 본질적인 질문을 던집니다.

세 번째는 흔히 말하는 명작의 개별 비평을 통해 좋은 작품이 이 세상에서 어떤 의미를 지니는지 세밀하게 읽고 증명하는 방식입니다. 있는 그대로의 로맨스라는 장르 가치를 역설하게 되지요.

그러나 저는 앞의 세 가지 방식을 선호하지 않습니다. 이러한 방식들은 자칫 이 시대의 로맨스라는 대중 독자를 외면하고, 무시하는 답변이 될 수 있기 때문입니다. 이 방식들은 결국 현시대 로맨스 장르의 독자들이 시대에 역행한 채 머물러 있다고 비판하는 것처럼 여겨질 수 있거든요. 지금 이 시대의 로맨스 독자들은 로맨스 장르를 왜 좋아하고 어떻게 소비하는가? 이 질문에 답하지 않은 채 한 발자국 물러나 로맨스를 단평하고 싶진 않았습니다. 적어도 제가 판타지 소설에 접근할 때 고민했던 것 정도는 로맨스에도 적용해야 했지요.

그래서 저는 학생들에게 로맨스가 무엇인지, 로맨스판타지가 무엇인지 먼저 질문합니다. 교단에서 살펴본 결과 「전지적 독자 시점」을 비롯해 「내가 키운 S급들」, 「백작가의 망나니가 되었다」 등 소위 중성향이라는 판타지 소설이 많아지면서 판타지를 읽는 여성 독자는 많이 늘었지만, 여성향 로맨스나 로맨스판타지를 읽는 남성 독자는 생각만큼 많지 않습니다. 그렇기에 해당 수업을 통해 로맨스나 로맨스판타지 소설을 처음 읽는 독자도 많았지요. 이 간극을 좁히고 로맨스가 무엇인지 질문하기 위해 선택한 작품은 혜돌이의 「아도니스」였습니다.

「아도니스」는 백작 가문의 서녀로 태어나 모두에게 경멸을 당하지만 꿋꿋하게 자신의 길을 걸어가는 이아나와 바하무트 제국의 사생아로 태어나 황제 자리를 노리는 검사 아르하드의 이야기입니다. '프롤로그'에서는 로안느 왕국의 공작 이아나 로베르슈타인이 바하무트 제국 황제 아르하드 로이긴의 검에 죽고 회귀합니다. 도입부만 보면 「아도니스」는 우리가 잘 알고 있는 로맨스판타지 소설과 비슷합니다. 그러나 「아도니스」는 사랑보다 주인공의 여정에 조금 더 주목해 서사를 풀어나갑니다.

바로 그러한 지점에서 「아도니스」는 학생들에게 생각할 거리를 많이 던져주는 작품입니다. 로맨스 장르에서 사랑은 어느 정도의 비중을 차지해야 하는지, 잘생기고 매력적인 남자 주인공을 어떻게 활용할 수 있을지, 남자 주인공과 엮이는 여자 주인공의 모습은 어떻게 재현될 수 있을지 등과 같이 말이지요. 학생들은 이런 질문에 다양한 답변을 늘어놓습니다.

「아도니스」는 나온 지 많은 시간이 흘렀음에도 불구하고 다양한 의견을 끌어낼 수 있는 고전입니다. 특히 「아도니스」의 웹소설 버전은 모르겠지만, 웹툰은 본 학생이 많아 서로 이야기를 나누기 편하다는 장점이 있지요.

그러나 「아도니스」는 시장에서 이중적인 평가에 시달리는 소설이기도 합니다. 적극적인 여정의 서사 이면에는 사랑의 서사가 부족해 로맨스 소설이 아닌 것 같다는 비판도 존재하거든

요. 이때 우리는 소설에서 구현된 사랑을 어떻게 바라보는 것
이 좋을까요? 이런 논의를 위해서 다음 작품으로 로맨스에서
종종 이야기하는 사랑의 개념을 전복시킨 장르를 가져와보겠
습니다.

이 세상에서 나는 안전하게 사랑받을 수 있을까요?
「황제의 외동딸」

앞서 로맨스를 해석하고 규정하는 방법을 선호하지 않는다고 했습니다. 하지만 사랑의 의미에 대해 전복적으로 이야기해야 할 때가 있습니다. 소위 '육아물'이라는 웹소설 장르를 다룰 때입니다. 육아물이나 회귀·빙의를 소재로 한 로맨스판타지를 쓰려는 작가 지망생은 무척 많습니다. 그렇다면 과연 강사는, 그리고 이 글을 쓰는 저는 이들에게 무엇을 어떻게 가르쳐야 할까요? 이번 꼭지에서는 그러한 고민 끝에 선정한 작품인 「황제의 외동딸」과 관련된 이야기를 해볼 생각입니다.

사랑이라는 감정은 이성 간의 정서적 교감만을 이야기하진 않습니다. 친구끼리도 사랑한다는 말을 주고받을 수 있고, 가족 간에도 사랑은 존재하지요. 사랑은 누군가를 아끼고 보호해주고 싶고 좋아하는 마음을 뜻합니다. 다만 앞서 설명했듯 로맨스라는 장르는 범용적 사랑을 뜻하지 않습니다. 그중에서도 낭만적 사랑의 과정을 성장이라는 주제에 맞춰 이야기로 만든 것을 로맨스라는 장르로 범주화해서 이야기하지요.

그러나 장르를 가장 잘 깨부수는 건 역시 장르입니다. 로맨스란 두 사람 이상의 애정이 바탕이 되는 서사 구조란 법칙을 깬 독특한 형태의 육아물이라는 작품군이 로맨스판타지 시장을 휩쓸기 시작했습니다. 육아물은 주인공이 흔히 말하는 회귀·빙의·환생을 통해 어린아이의 모습으로 판타지 세계를 살아가고, 그곳에서 성장하며 다양한 사건을 마주하는 과정을 다룬 소설입니다. 주인공이 어린아이였다 성장하는 경우가 일반적입니다다만, 엄마나 보호자가 되어 주요 캐릭터인 아이를 성장시키는 등 다양한 변주가 이루어지는 장르이기도 합니다.

장르에선 어린아이를 주인공으로 삼아 성장하는 과정을 독자가 지켜보는 작품이 오래전부터 존재했습니다. 그럼에도 육아물이 로맨스판타지 장르에서 흔히 일컫는 사랑의 틀을 적극적으로 변주한다고 하는 까닭은 주인공인 어린아이와 그 보호자, 그리고 세계가 사랑이라는 감정을 통해 오롯이 인정받고 관계를 맺기 때문입니다. 육아물 역시 로맨스라는 장르 구조에 맞게 수많은 캐릭터가 등장합니다. 그중에선 주인공과 연인 관계로 맺어지는 남자 주인공도 존재하지요. 하지만 남성들은 주인공을 연애 대상으로 바라보지 않습니다. 주인공을 사랑해주고 보호하고자 하지요. 기존의 로맨스 소설에서 서로를 남성과 여성이라는 신체와 젠더로 인식하고 사랑을 나누는 것과는 다른 방식입니다. 특히 미성년에 불과한 주인공과 그 주변인들의 관계에선 마땅히 사랑받아야 하는 존재를 사랑해주는 행위만 남긴 채 대부분의 성애적 요소가 사라집니다. 판타지 세계가 주인공의 욕망이 궁극적으로 이루어지는 환상적 세계라면, 로맨스판타지 세계는 주인공과 주변인들의 관계망이 환상적 세계로 기능하는 셈입니다. 누구도 자신을 미워하지 않고, 미워하는 사람이 있더라도 그 즉시 안전하게 사라지는 세상 말이지요.

그렇기에 육아물이 지배 권력이나 강력한 힘의 논리에 편승하고 굴복하는 소설이라고 비판하는 사람도 있습니다. 하지만 이러한 비난은 조금 섣부른 것 같습니다. 육아물은 이 세상의 위험 요소를 환상적으로 드러내고 그것을 회복하기 위한 과도기적 실험물에 더 가깝거든요. 언제 어디서 목숨을 잃을지 모른다는 절박함, 그리고 세계가 날 위협하고 있다는 험난한 현실을 전제로 하기 때문입니다. 육아물은 권력과 힘에 의존해 위세를 떨치는 계급 친화적 주인공을 내세우는 것이 아니라, 정서적 연결과 감정이라는 무기를 적극적으로 활용해 자신의 세계를 안전하게 구성하고자 노력하고, 안전한 시스템이 갖춰진 세계를 열망하는 소설이라 할 수 있습니다. 이런 결과를 살펴본다면 육아물은 '로맨스'와 '사랑'을 적극적으로 활용한 본보기라고 할 수 있겠지요.

육아물의 주인공은 어리고 연약한 아이의 모습으로 가상 세계에 갑작스럽게 나타납니다. 스스로를 책임질 수 있는 성인 여성의 모습은 사라진 채 어린아이의 몸으로 낯선 시공간에서 살아남아야만 합니다. 이런 상황에서 주인공이 타인과 관계 맺는 방식엔 물리적인 한계가 존재합니다. 어린 신체는 성숙하지 못한 어휘를 통해 성인으로 받아들여지지 못하고, 의사소통을 통해 타인을 설득할 수 없는 상황에 맞닥뜨리고, 제정신을 오래 유지하지 못한 채 수면·가사 상태일 수밖에 없는 등의 제약이 있습니다. 그런 상황에서도 주인공은 끊임없이 전생의 지식을 이용해 자신의 유능함을 증명하거나, 미래에 관한 지식을 활용하거나, 특이한 능력을 사용해 자신의 존재 가치를 증명해야 하지요. 보편적인 성인 여성의 사랑이나 삶보다도 제약이 많은 서사 형식과 시작점이라 할 수 있습니다.

그렇다면 험난한 삶을 살아가는 사랑의 구조는 어떻게 로맨스판타지의 하위 범주인 육아물로 자리 잡게 되었을까요? 그리고 작가와 독자들은 이 장르를 어떤 형태로 소비하고 있을까요? 안지나의 『어느 날 로맨스 판타지를 읽기 시작했다』에 주목할 만한 사례가 나옵니다. 이 책에는 "작가는 청소년이었고, 자신의 부모가 이혼 소송 중이라고 했다. 가정의 불화를 견디기 위해 주인공이 가족에게 무조건 사랑받는 소설을 썼지만 결국 부모님이 이혼하게 되었고 자신은 전학을 가야 해서 연재를 무기한 중단한다고 했다"라고 쓰여 있습니다. 안지나는 이 경험을 통해 한 가지 깨달음을 얻습니다. 청소년 작가가 쓴 모든 웹소설에 정제되지 않은 감성이 폭발적으로 깃든 건 아닐 겁니다. 그러나 웹소설을 읽으며 자신의 삶을 위로하고 견뎌내는 청소년 독자도 있었던 거죠. 그리고 그들이 직접 글을 쓰면서 자신을 위로하고 있었던 겁니다. 웹소설 또한 동시대 독자들과 호흡을 같이하는 문학의 기능을 수행한다는 걸 깨닫고, 단순해 보이는 세계 구조의 육아물 역시 이 시대 여성 독자를 위한 이야기라고 분석합니다. 앞서 분석한 구조와 연결한다면 육아물은 아무것도 없이 현실에 던져졌다는 것만으로 목숨의 위협과 싸워야 하는 사람들의 절박한 자기 증명인 셈입니다.

물론 제가 이야기한 구조가 모든 육아물에 적용되는 것은 아닙니다. 구체적인 갈등 없이 특별한 능력이 없음에도 사랑받는 인물들이 존재하니까요. 로맨스 소설과 인터넷 소설의 역사가 그러하듯, 작품에서 권력 구도나 사랑만 받는 안전한 주인공 같은 파편적인 코드가 과하게 대표되어 논란이 되는 경우가 많습니다. 하지만 그러한 논란보다는 왜 그런 관계도 사랑이라는 범주에서 다뤄지는지 그 원인을 진지하게 모색하는 게 더 가치 있겠지요.

이러한 것들을 고려하여 열 번째 작품으로 윤슬의 「황제의 외동딸」을 선정했습니다. 이 작품은 육아물의 정석인 동시에 웹툰화 등 IP 콘텐츠 활용 사례를 살펴볼 수 있는 고전입니다. 더군다나 '카카오페이지'에서 밀리언 페이지가 생성되기도 전에 100만 뷰를 달성한 작품이기도 하지요. 하지만 이러한 성공 지표를 제외하더라도 폭군과 어린아이라는 육아물의 정석을 만들어낸 작품인 만큼, 장르 클리셰의 시작을 살펴볼 수 있는 작품이란 점만으로도 의미가 큽니다.

「황제의 외동딸」은 스물다섯 살의 회사원인 주인공이 '묻지 마 살인'으로 살해당한 뒤 이세계인 아그리젠트 제국에서 피의 폭군이라 불리는 황제 카이텔의 딸 아리아드나로 환생하며 이야기가 시작됩니다. 폭군 카이텔은 자기 자식들을 태어나기도 전에 죽였고, 아리아드나도 갓난아기 시절 죽임을 당할 뻔하지만, 필사적인 애교와 카이텔의 심경 변화로 삶을 이어가게 됩니다. 이후 소설은 아리아드나가 성장하며 겪는 다양한 일을 보여줍니다.

앞서 살펴보았듯 육아물의 서사는 단순한 구조에서 재미를 추구할 수도 있지만, 이 시대를 살아가는 여성들의 이야기를 다르게 들려주는 은유이기도 합니다. 로맨스나 로맨스판타지라는 장르에 가하는 수많은 비판은 표면적인 구조나 피상적인 대사, 또는 외양적인 묘사 등에 집중되는 경향이 있습니다. 이러한 장르가 왜, 어떻게 소비되는지 이해하기 위해선 바로 그 지점에서부터 한 걸음 더 들어가 질문하고 심층 구조를 살필 필요가 있습니다.

로맨스라는 메시지, 그리고 스토리텔링
「추상의 정원」

여러분은 제가 로맨스에 대해서 조심스럽게 이야기하고 있다는 걸 느꼈을 겁니다. 웹소설 연구자이자 작가이긴 하지만, 2006년 이후 남성향 작품을 주로 써왔고, 지금도 남성향 소설로 분류되는 판타지, 무협 등의 작품을 꾸준히 읽고 비평하고 연구하는 만큼, 제가 잘못 전달한 지식 때문에 논란이 생기거나 오랫동안 로맨스 영역에서 매진해온 분들에게 누를 끼치고 싶지 않기 때문입니다.

더구나 로맨스 장르는 그 바깥의 수많은 편견과 맞서왔습니다. 한국에서 로맨스 장르는 도서대여점 소설을 위시한 장르문학보다 길고 지난한 길을 걸어왔습니다. 로맨스 장르는 사랑을 싸구려 감성으로 격하시키는, 여자들이나 읽는 장르라고 취급해왔으니까요.

앞서 이러한 비판에 대해 연구자와 장르 팬덤은 다양한 목소리로 끝없이 반론한다고 했습니다. 장르를 사랑하고 소비하는 입장에선 이런 편견에 적극적으로 저항할 수밖에 없으니까요. 하지만 한편에서는 성찰이나 변화를 주장하는 목소리도 있습니다. 로맨스 작품에서 재현되는 몇몇 클리셰나 장면이 시대에 뒤떨어지는 것임을 인정하고, 그것을 어떻게 극복하고 그다음의 로맨스로 넘어갈지를 고민합니다. 특히 문학·예술계에서 촉발된 '페미니즘 리부트' 사태는 장르문학에도 많은 영향을 끼쳤습니다. 로맨스의 주요 소비자인 여성들은 정치적 올바름이 어떻게 실현될 수 있는지를 고민했고, 이러한 과정에서 다양한 변화가 이어졌습니다.

물론 이러한 메시지가 대중문화에 녹아들기란 참으로 어렵습니다. 메시지가 폭력적이거나 전복적이거나 혐오적이라서 그렇다는 말은 아닙니다. 그런 메시지가 강력하게 떠오를수록 스토리텔링의 의도와 기능에서 벗어나기 때문입니다.

혹독한 추위와 굶주림에 떨면서 '진실'이라는 이름의 가녀린 소녀가 마을 안으로 들어섰다. 그러나 가혹하게도 마을 사람들은 소

녀를 가차 없이 문전 박대하는 것이었다. 마을 사람들은 벌거벗은 소녀의 모습에 놀랐던 것이다. 때마침 지나가던 '우화'라는 이름의 소년이 버려진 소녀를 발견했을 때, 소녀는 주린 배를 움켜쥐고 추위에 떨면서 구석에 웅크리고 앉아 있었다. '진실'이라는 소녀를 불쌍하게 여긴 '우화'라는 소년은 그녀를 일으켜 세워 자신의 집으로 데리고 갔다. 소년은 방 안을 따뜻하게 데워 소녀의 얼어 붙은 몸을 녹여주었고, 따뜻한 식사를 마련해 주었다

그런 다음, 소녀의 몸 위에 '이야기'라는 황금빛 망토를 입혀 다시 마을로 돌려보냈다. '이야기'라는 망토를 걸친 '진실'은 다시 마을의 집 문을 두드리기 시작했다. 그런데 이게 웬일인가? 놀랍게도 이번에는 기꺼이 집 안으로 초대되었다. 마을 사람들은 소녀에게 식사를 대접했고, 따뜻한 화롯불도 쬐어 주었다.●

스토리텔링, 즉 이야기를 만들어낸다는 것은 우리가 흔히 주제 의식이라고 부르는 날것의 메시지를 사람들에게 거리낌 없이 전달할 수 있도록 가공하는 것을 뜻합니다. 이야기를 상대에게 일방향적으로 강요하는 것이 아니라, 스스로 질문하고 답하며 마음속에서 발아해야만 성공적인 스토리텔링이라고 할 수

● 아네트 시몬스 지음, 김수현 옮김, 『대화와 협상의 마이더스, 스토리텔링』, 한언출판사, 2001, 57쪽에서 재인용.

있지요. 우리는 일상에서 수많은 작품을 감상하며 삶과 세계에 대한 중요한 질문을 떠올리고, 그러한 질문에 답하며 저마다의 삶을 일굽니다. 세상이 변화한 역사를 거대한 표로 만든다면, 그 핵심엔 변화를 예언하거나, 변화의 주축이 되거나, 변화한 시대정신을 정리한 작품의 제목으로 가득할 것입니다.

하지만 그것은 작품이 작품으로서의 가치를 갖고 독자의 마음을 두드렸을 때에만 의미가 있습니다. 메시지가 스토리텔링을 잠식해 그것을 뛰어넘는 순간, 그것은 메시지로서 의미는 있을지언정 스토리텔링으로서 기능하는 데는 실패한 것입니다. 메시지가 나쁘다는 것이 아닙니다. 소설을 쓴다는 건 메시지와 스토리텔링의 균형을 끊임없이 고민하는 작업이란 의미지요. 웹 콘텐츠 시대에는 그러한 고민이 더 깊어질 수밖에 없습니다. 창작자들은 한 묶음으로 완결된 서사와 구조를 긴 시간 동안 나누어 제공할 수밖에 없지요. 지금은 15초짜리 숏폼 콘텐츠와 같이 아주 극단적인 감각과 인상을 위주로 소비하는 시대거든요.

웹소설이나 웹툰의 프롤로그 또는 1~2편 정도의 서사에서 캐릭터, 구조, 배치, 대사가 논란을 일으켜 화제가 되는 경우가 종종 있습니다. 물론 그 파급력과 한 편이 만들어지기까지의 과정을 생각하면 그러한 논란도 유의미합니다. 그런데 논란이 작품의 주제와 작품성으로까지 쉽사리 확대되는 걸 보면 아찔할 때가 있습니다. 작품의 주제는 스토리텔링이 온전히 진행되었을 때 최종적인 이야기를 통해야만 독자가 비로소 마주하는 것이니까요. 물론 작품에서 수많은 요소가 각자 주제를 전달하겠지만, 그럼에도 우리가 모든 논의의 종지부를 찍으며 캡스톤 capstone을 얹을 수 있는 건 결국 작품이 매듭지어지는 순간일 겁니다.

그렇다 보니 이러한 메시지를 고민할수록 어떤 방식으로 이야기를 만들어야 할지에 대한 고민도 수반될 수밖에 없습니다. 중세 유럽이라는 시공간을 통해 과거의 낡음을 환상으로 소비하는 판타지 장르에선 더욱 그럴 수밖에 없지요.

그렇기에 커리큘럼의 마지막 작품으로는 김휘빈의 「추상의 정원」을 다룹니다. 1852년 빨간 머리 여자로 태어나 차별받은 나딘은 스무 살에 아버지가 돌아가시자 땅, 금, 공증 문서, 노트, 거래처, 가게, 집 등 모든 유산을 받기 위해 파리로 돌아옵니다. 당시 파리는 변혁과 혁명의 중심지이자 예술과 패션의 도시였지요. 그리고 그곳에서 아버지의 조수이자 어렸을 때부터 나딘의 뒤치다꺼리를 해온 남자, 알랭과 재회합니다.

「추상의 정원」은 차별에 저항하는 주인공을 통해 뚜렷한 메시지를 던집니다. 특히 1852년 파리 조향사와 같이 시공간과 직업을 구체적으로 설정함으로써 이러한 메시지를 단단하게 만들지요. 그렇다 보니 독자의 호불호도 분명한 편입니다. 메시지와 스토리텔링을 구성하기 위해선 소설 구성의 3요소라고 불리는 시공간과 캐릭터, 그리고 이야기를 총체적으로 살펴보아야 합니다. 그런 면에서 「추상의 정원」은 작가가 표현하고 싶은 메시지를 이야기로 만들기 위한 오랜 고민이 잘 담긴 소설입니다.

대학교에 온 학생들은 저마다의 메시지가 담긴 웹소설을 쓰고 싶어 합니다. 돈을 벌겠다는 원초적 욕망이나 담백한 의도를 가진 학생은 드뭅니다. 많은 웹소설 교육자들은 이것을 작가 의식이라 상찬하기도 하고, '예술뽕' 같은 말로 비아냥거리기도 합니다. "우리 솔직해지자. 돈 많이 벌려고 웹소설 쓴다는 거 아냐?"라는 말로 학생의 사상적 틀이나 예술적 욕심을 깨부수는 것에서 강의를 시작하는 사람도 있습니다. 그것은 웹소설이라는 시장을 이해시키기 위해 세계를 부수는 하나의 전략일 수는 있겠지만, 대학이라는 교육 공간에 어울리는지는 되물을 필요가 있습니다. 저는 대학이라는 안전한 공간에서 보호받고 있을 때 이러한 시도와 실패를 많이 경험하라고 권합니다. 이 학생들이 사회로 한 걸음 내딛는 순간부턴 냉혹한 시장과 마주해야 할 테니까요.

그렇다고 이런 시도들이 늘 실패하는 것은 아닙니다. 메시지를 뚜렷하게 전달하는 작품이 독자적인 생태계를 구성하며 웹소설 시장 안에서도 의미망을 갖춰가고 있거든요. 앞서 이야기했듯 시대의 변화 앞에는 늘 작품이 있었고, 젊은 세대 중에선 이 시대의 변화를 웹소설이 주도하는 것처럼 이야기하는 이도 나타나고 있으니까요. 이런 과도기적인 상황에 필요한 건 다양한 시도가 환대받고, 이를 통해 다시 의미를 모색할 수 있는 큐레이션의 장이 아닐까 합니다.

4장

웹소설 교육을 위하여

웹소설 고전을
읽는다는 것

3장에서 다룬 열한 종의 작품은 웹소설을 읽어본 적 없는 사람들에게 웹소설이 다루는 스펙트럼이 얼마나 넓은지 안내하기 위해 선정했습니다. 이 커리큘럼을 통해 비웹소설 독자가 웹소설 독자나 애호가 또는 웹소설 작가가 되길 바랐습니다. 그렇다 보니 작품을 선정할 때 상업적으로 큰 성공을 거두었는지는 고려 대상이 아니었습니다. 장르적 특색이 뚜렷하고, 그 안에서 사회적인 내용이나 문화적 비평을 함께 이야기할 수 있으면 좋겠단 바람이 있었지요.

그런데 다음과 같은 의문을 표하는 독자도 있을 겁니다. 웹소설은 상업 시장에서 거래되는 문화 콘텐츠인 만큼 상업적인 지표가 중요할 텐데, 대중이 좋아하는 작품에 그럴듯한 인문학적 비평을 가해서 있는 그대로의 웹소설을 긍정하는 것이 먼저 아니냐고요. 그 지점 때문에 인문학이라는 건 이미 성공한 작품에 상찬을 덧붙이는 과장된 언어유희라며 비판하는 분도 많았습니다.

이런 질문에 답하는 건 무척 어렵습니다. '인문학의 가치는 무엇인가?'라는 질문과 연결되기 때문입니다. 가치가 없기 때문에 답하지 못하는 게 아닙니다. 인문학, 그것도 웹소설과 관련된 인문학이 이 시장에 기여하는 가치가 무엇인지, 연구자나 학자, 교육자 들이 공유하는 가치를 대중에게 쉬이 설득하기 힘든 까닭입니다.

플랫폼의 인기 작품을 읽다 보면 베스트 코너엔 인문학적 가치 등을 배제한 채 시장의 흐름에 순응해 독자가 읽고 싶은 이야기를 날것 그대로 쓴 글이 상업적 성공을 거둔 사례가 많습니다. 그렇기에 이런 작품군 사이에서 앞서 언급한 열한 작품을 교보재로 뽑기 위해선 명확한 기준이 필요했지요. 제가 중점적으로 고려한 것은 세 가지였습니다.

첫 번째, 이 커리큘럼이 처음으로 웹소설을 읽는 사람들을 위한 기초 교육임을 명심할 것. 학생들이 웹소설을 잘 알고, 실시간으로 따라 읽고 있다면 판타지나 로맨스, 무협이나 SF, BL 등 장르별로 성공 공식을 설명하기 위해 적합한 작품은 넘쳐납니다. 하지만 이러한 부분은 기초 개론 교육과 강독 수업에서 고전을 통해 다뤄야 할 영역이 아니라 현재의 소설을 큐레이션하며 다뤄야 합니다. 그보단 발표된 소설을 통해 지금 시대에 소설은 어떤 식으로 창작되고 있고, 어떤 기법이 유행하고 있으며, 어떤 코드들이 '패션'화되었는지 찾는 과정을 보여주고 싶었습니다.

대학에서 강독 수업을 통해 웹소설을 읽는다는 건 웹소설을 꾸준히 읽어온 독자일지라도 웹소설을 독해하는 방법론을 새롭게 익힌단 의미를 겸합니다. 미학과 사회학, 또는 문학 안에서 웹소설을 어떻게 바라볼 것인지 웹소설 독해법을 통해 눈을 변화시키는 것이지요. 이는 대학 내 웹소설 교육이 작가를 키우는 일에 그치지 않고 웹소설 교육, 연구, 비평 등 다양한 분야의 인재를 양성해야 하기 때문입니다. 그렇기에 초기 강독 수업 커리큘럼은 정석적이면서도 기초적인 장르의 이야기를 다루는 작품들로 제한할 수밖에 없었지요.

두 번째, 웹소설 시장 초창기부터 '육아물', '재벌물', '성좌물', '요리물' 같은 특정 코드를 정착시키는 데 기여한 작품일 것. 물론 해당 코드가 이 작품만의 고유한 창작물은 아닙니다. 하지만 각 코드가 이 작품에 의해 유명해진 것은 부정할 수 없습니다.

한국에 정착한 게임판타지라는 장르를 예로 들어볼까요? 한국 게임판타지 소설의 시초가 뭐냐고 하면 사람마다 다른 작품을 이야기합니다. 잡지〈게임피아〉에 연재되었던 이문영의「울티마 온라인 여행기」, 진산의「공격대 이야기」같은 기행문을 이야기하기도 하고,『팔란티어』로 개작된 김민영의『옥스타칼니스의 아이들』같은 소설을 언급하기도 하지요. 또 어떤 분은 손희준·김윤경의 만화책『유레카』나 게임판타지 작품이 폭발적으로 나오기 시작한 2003년에 출간된 이승희의『이디스EDES』를 언급하기도 합니다.

이렇듯 한국 게임판타지 소설의 시작에 대한 의견이 분분할 순 있겠지만, 게임판타지 장르 문법을 만든 작품이 남희성의「달빛 조각사」라는 말에는 모든 사람이 동의할 겁니다.「달빛 조각사」는 기존 게임판타지 소설 시장의 문법을 어떻게 사용해야 독자에게 즐거움을 줄 수 있고, 소설 안에 녹아들어 현대사회의 이야기를 전달할 수 있는지를 잘 가공한 작품이기 때문입니다.

제가 선별한 웹소설 고전 작품들도 마찬가지입니다. 앞서 고전이라는 용어에 대해 이야기했지만, 이들은 웹소설에서 사용한 수많은 장르적 용례의 고전입니다. 모든 고전이 당대 작가의 영감으로 인해 창작된 오리지널이기 때문에 교육 대상으로 선정된 것이 아닙니다. 웹소설 고전 역시 오리지널한 설정을 이야기한 작품이라서 의미 있는 것이 아니라, 그 설정을 작품에 잘 녹여 작가 고유의 스타일로 승화시킴으로써 지금까지 회자될 수 있는 틀을 만들었다는 데 의미가 있는 작품이기 때문에 선정된 것이지요.

마지막으로 세 번째, 수업을 듣는 학생들이 현재의 웹소설이 아닌, 그다음의 웹소설을 준비한다는 점을 고려할 것. 웹소설 고전이 지금 이 순간 유행하는 코드를 답습하듯 써서 고전의 지위를 차지할 수 있었던 것은 아닙니다. 그보다는 웹소설이 무엇인지를 이해하고 자신이 지금 이야기할 것과 쓰고 싶은 이야기를 합해 앞으로 나아갔기 때문입니다. 그렇기에 웹소설 고전은 당시의 웹소설 독자들에게 색다르고 신비한 작품인 동시에 직관적으로 받아들이기엔 낯선 작품이었습니다.

웹소설을 창작해 세상에 선보이기까진 많은 시간이 걸립니다. 대학 공간에서 몇 년 동안 웹소설을 가르쳐본 바에 의하면 웹소설을 대학에서 배우는 학생들은 현장에서 꿈을 키우는 아마추어 작가와는 또 다른 형태의 어려움을 겪는 경우가 많습니다. 단편을 쓰듯 작품의 개연성이나 보여주고 싶은 설정, 풀어나갈 이야기를 5,000자 내외 분량인 한 편 속에 다 풀어내고 완벽한 글을 만든 후에야 다음 편을 쓰는 경우가 많았습니다. 하지만 그것은 장편에 어울리는 창작 기법이 아닙니다. 장편에서는 여기서 하지 못한 이야기를 저기서 처리하는, 끊임없이 상호 연결하고 보완하는 연대적 관계가 필요합니다. 웹소설 또한 매편과 각 에피소드는 독립적인 듯 보이지만, 한 걸음 뒤에서 보면 모든 것이 연결되어 있지요. 웹소설은 끊임없이 서사를 쌓아가며 완성될 수밖에 없는 셈이지요. 이 간극 탓에 학생들은 장편 소설이 무엇인지부터 익히고, 자신이 처음 가지고 왔던 이야기를 꾸준히 밀고 나가는 것의 의미에 대해 익혀야 했습니다.

이런 상황에서 창작을 지도할 때 지향할 것은 지금 이 시장의 트렌드를 읽고 인기 있는 코드를 조합해 글을 창작하는 기술적 방법이 아닙니다. 그다음의 유행은 무엇인지, 지금 대중은 무엇을 욕망하고 특정한 사건과 이야기, 소재에 어떤 반응을 보이는지 읽어내고, 오랜 기간 글을 쓸 수 있도록 넓은 토지를 배양시키기 위한 원론 그 자체입니다.

바로 이 지점 때문에 수업을 진행하며 서사적 재미, 텍스트 내부의 이슈를 이야기하는 것에서 그치지 않고 사회와 어떻게 연결될 수 있는지를 계속해서 이야기했습니다. 이 책에서 말한 방법들도 그러한 맥락에서 시도한 것이었습니다. 이야기가 매체에 의해 좌우된다고 할 때, 웹이란 매체는 그 어떤 공간보다 긴밀하고 빠르게 연결되는 특징이 있습니다. 책이라는 매체를 통해 도서관이나 서재에 오랫동안 보존되거나, 입에서 입으로 전해지기 쉽게 기초적인 뼈대가 단순하면서도 직관적이고 범용적이어야만 했던 고전적 서사와는 다를 수밖에 없지요.

앞선 작품들은 제가 진행하는 웹소설 커리큘럼에서 중요한 첫걸음이지만, 바꿔 말하면 첫걸음에 불과합니다. 앞서 말한 세 가지는 시도만으로 의미 있기는 어렵습니다. 첫 발자국을 통해 나아갈 수 있는 공간이 어디인지, 그 결과물을 확인할 수 있는 교육 과정이 새롭게 설계되어야 하고, 그런 교육 과정에 걸맞은 작품이 모여 있는 생태계가 웹소설 시장에서도 자리 잡아야 합니다. 이러한 생태계 조성에 가장 큰 역할을 하는 것이 상업적인 시장 바깥에서도 웹소설을 자생할 수 있게 하는 비평과 큐레이션입니다. 그러나 현재 웹소설 교육 현장, 그리고 생태계에선 이러한 큐레이션의 토지가 너무나 미욱합니다.

웹소설을 좋아하는 분이라면 잘 알 것입니다. 업로드되는 작품 수는 해를 거듭할수록 늘어나고, 작가 지망생은 20만 명에 달합니다. 어림잡아 20만 명의 작가 지망생이 20만 종의 작품을 쓰고 있는 셈입니다. 저도 열심히 소설을 읽는 편이지만, 한 달에 100~200종 이상의 작품을 읽기란 무척이나 버겁습니다. 그런 상황에서 20만 종의 작품을 다 읽고 좋은 소설을 뽑아내는 건 개인이나 몇몇 집단에 의해 진행할 수 없습니다. 최근 플랫폼들이 AI를 이용한 큐레이션에 골몰하는 것도 이러한 이유 때문이겠지요.

이런 상황이다 보니 상업적 가치가 낮거나 상업적 가치로 모든 이야기를 풀어내기 힘든 작품은 독자에게 노출되는 것조차 힘듭니다. 배너 이벤트 등 프로모션 노출도도 떨어지고, 작품의 가치를 이야기할 만한 커뮤니티도 적은 편이지요. 작가들은 자신의 주제 의식이나 작품이 독자에게 가닿을 거란 확신이 부족하다 보니, 집필 횟수 역시 줄어들 수밖에 없습니다. 이러한 악순환을 해결하고 보완해주는 작업이 바로 큐레이션입니다.

하지만 지금 한국에서 이루어지는 큐레이션 작업의 방향은 이러한 목적과는 조금 떨어져 있습니다. 인기 있는 작품을 소개하고 알아보는 창작 교보재로 사용되는 것이 고작이며, 상업적인 기준을 만족시킨 작품을 다시금 상기시키는 경우가 더 많거든요. 현재 대부분의 큐레이션은 웹소설을 읽지 않는 사람에게 웹소설이 무엇인지 쉽게 알려주고 접근하게 하려는 목적으로 사용되는 경우가 많기 때문입니다. 저 역시 다양한 지면에서 웹소설 큐레이션을 할 때 웹소설을 잘 알고 있는 사람보다는 한두 작품 정도만 읽어봤거나 이제 읽고 싶어진 독자를 염두에 두고 글을 쓰는 경우가 많습니다. 웹소설 독자가 생각보다 많지 않기 때문입니다.

인기 웹소설의 수익이나 지표를 바탕으로 추산컨대, 현재 웹소설 시장의 독자는 많아야 150만~200만 명 정도입니다. 이것은 트래픽과는 별개인데, 유료 연재본을 꾸준히 구매하면서 시장의 매출을 견인할 만한 독자가 얼마나 있는가에 대한 답변이기도 합니다. 현재 대표적인 웹소설 플랫폼의 조회수는 누적 형태로 합산되어 있어 그 수치를 제대로 읽어내기가 어렵습니다. 구매 수를 확인할 수 있는 사이트에서 추산해보건대, 장르별 인기 작품을 구독하며 다양한 웹소설을 구매해 읽는 사람은 플랫폼을 다 합쳤을 때 10만 명에서 50만 명 정도를 넘지 않을 겁니다. 그렇다 보니 지금의 웹소설 시장을 좀 더 탄탄히 만들고 확장하기 위해선 새로운 독자를 끊임없이 끌어들일 필요가 있습니다.

사정이 이렇다 보니 소규모로 진행되는 웹소설 큐레이션은 플랫폼이나 에이전시 단위로 진행하는 자사 브랜드 소설 홍보를 위한 자급책이거나, 지금 유행하는 인기작을 정리하는 작업인 게 고작이지요. 이는 한동안 계속될 것 같습니다.

개인적으론 상업성 바깥에서 웹소설을 이야기할 만한 장이 좀 더 생겨나길 바랍니다. 이런 공간이 많아질수록 웹소설 큐레이션 전문가가 많이 양성될 것이고, 상업성이 부족하더라도 그 작품을 해석하기 위한 독해법이 조금 더 생겨나겠지요. 제가 진행한 웹소설의 고전 선정은 이러한 작업을 준비하기 위함입니다. 이제 남은 건 이런 교육이 진행될 수 있는 공간의 탄생이겠지요.

대학은
느리게 변한다

이 책을 통해 대학에서 이루어지는 웹소설 교육과 그 교육적 가치를 만들기 위해 어떤 고민을 하고 있는지 이야기했습니다. 이러한 고민을 책으로 엮어내고자 결심한 이유가 있습니다. 2020년 대학에 임용된 후 2년 동안 대학 교육 과정을 진행하면서 '지금의 대학은 웹소설을 가르치기에 적합한 구조일까?'라는 의문이 들었기 때문입니다. 이러한 의문은 대학을 나오고 시간강사나 겸임교수 일을 하는 지금도 계속되고 있습니다.

이 책이 출간된 2023년에 미처 파악하지 못한 학과가 더 있을 수도 있겠습니다만, 웹소설을 전공으로 내세워 별개의 교육 과정으로 가르치는 대학은 십여 곳이 있습니다. 웹소설이나 장르

관련 과목을 개설해 웹소설 창작과 관련된 커리큘럼을 마련한 대학은 그보다 더 많고요. 이는 대부분 2~3년제의 전문 산업 대학으로, 취업과 관련된 커리큘럼을 제공하여 학생들이 작가로서의 역량을 발휘할 수 있게 만드는 것이 목적입니다.

전문대가 강사를 섭외하는 기준은 4년제 대학보다 조금 더 열려 있습니다. 박사 학위를 소지해야 하는 4년제와 달리 학사 학위 소지자 중 인정할 수 있을 만한 산업체 경력을 가졌거나, 석사 이상의 학위 소지자로 강의 경력이 있으면 지원할 수 있지요. 전문대는 순수 학문의 업적을 기리고 그것을 증명하기 위한 학자를 뽑는 게 아니라, 산업 전문 역량을 갖춘 사람을 교육자로 임용하여 산학의 연계를 높이고, 이를 통한 실전형 교육으로 학생들의 욕구를 충족시키는 것이 목적이기 때문입니다.

그런데 이러한 대학의 노력과 유연한 조건만으론 산업 현장의 발전과 상황을 따라가는 게 쉽지 않습니다. 대학 시스템에서 교수란 강의를 전담해서 잘 가르치는 사람만을 이야기하는 것이 아니기 때문입니다. 한 대학 임용 담당자는 면접장에서 시범 강의를 한 사람에게 "학생을 위해 강의만 잘 하는 사람을 뽑는다면 시간 강사를 데려와도 된다. 요새 강사들은 다 강의를 잘 한다. 우리는 교육이 아닌 학교를 위해 일 잘 하는 사람을 교수로 임용하려는 거다. 학교 본부 차원의 업무는 어떻게 할 것인가?"라며 산업 현장과의 업무가 아니라 대학이라는 브랜드를 어떻게 운영할 것인지를 질문했다고 합니다.

그런 험난한 과정 끝에 임용이 되면 현장에서 활동하던 웹소설 작가로서의 작업이나 비평 작업 등의 횟수를 줄이고 학교 일에만 집중하라는 메시지가 옵니다. 그렇다 보니 창작자나 비평가로서 활발하게 활동하는 연구자가 대학으로 들어가면 개인적인 활동을 잠시 접어두고 특정 대학에 충성하게 될 수밖에 없습니다.

물론 이러한 상황은 충분히 이해할 수 있습니다. 몇 년 전부터 대학 등록금은 동결된 상태이고, 학교의 실무를 처리하기 위해 새로운 행정 직원을 고용할 여력도 없습니다. 결국 교수들이 각 본부 부처에서 업무를 분담하게 되지요. 심지어 행정을 담당할 교직원 수가 줄어들기도 하니 교수들의 부담은 가중됩니다. 교수라도 뽑으면 조금은 나아지겠으나 그것도 쉬운 일은 아닙니다. 교육 당국의 정책상 학과 학생 수가 늘어나야만 할당 교수 정원이 늘어납니다. 그런데 학생 수가 늘어나면 강사가 담당해야 할 학생 수와 강의 수가 늘어나고, 또다시 교육의 질이 문제가 됩니다. 이 악순환의 핵심은 돈 문제이며, 스트레스는 대학의 모든 구성원이 떠안게 되지요.

아마추어 작가들이 모인 익명 게시판이나 소셜미디어에서는 웹소설학과에 대한 비아냥을 쉽게 찾아볼 수 있습니다. 이 업계에서 돈 잘 버는 작가들이 왜 강연 현장에 나오겠느냐, 특강 한 번 하는 것보다 웹소설 한 편을 쓰는 게 더 돈이 되고, 작법서 쓸 시간에 웹소설을 쓰는 것이 훨씬 이득이지 않느냐고 말하지요. 웹소설 교육 현장에 대해 아무것도 모르고 인기작조차 없으면서 웹소설을 가르치는 사람이 많다는 비판이 가득합니다. '그런 학교에 갈 바에야 인터넷에서 소설을 연재해봐라', '나는 그 학교에서 아무것도 모르는 교수들의 헛소리를 듣다 질려 자퇴했다'와 같은 조언과 간증이 넘쳐납니다.

이러한 주장에는 몇 가지 오류가 있습니다. 교육이 가치 있는 이유는 자본주의적인 가성비를 뛰어넘어 교육적 이상을 향하기 때문입니다. 돈을 잘 버는 사람이 돈이 안 된다는 이유로 이타적 행위를 하지 않는다면, 이 세상엔 이기주의를 기반으로 한 착취 시스템이 자리 잡겠지요. 하지만 이 세계엔 좋은 작품이나 돈이 되는 작품을 만드는 것 외에도 현장의 발전과 미래를 위해 교육에 나서는 수많은 사람이 존재하고, 그런 사람들이 지금도 최선을 다해 웹소설이라는 개념의 외연을 확장하고자 노력하고 있습니다.

웹소설을 모르면서 웹소설을 가르친다는 주장 역시 그 전제를 다시 확인해보아야 합니다. 웹소설로 '돈을 번 경험이 있다'

와 '큰돈을 벌었다'에는 분명한 차이가 있을 것입니다. 하지만 이러한 기준으로 웹소설을 안다 혹은 모른다라고 가를 수는 없습니다. 자신이 쓴 웹소설이 인기를 얻지 못했다 하더라도 웹소설을 쓸 수 있도록 교육하는 것은 가능합니다. 이것은 기술과 예술의 차이 때문에 일어나는 일이니까요. 축구 선수 경력이 없는 축구 감독도 존재하듯이요.

그렇다고 앞선 주장들이 터무니없는 헛소리라고 말하려는 것은 아닙니다. 그들의 목소리도 의미 있게 여겨야 한다고 생각합니다. 저런 목소리는 악의적인 음해가 아니라, 이 현장에 새로운 교육을 도입하려면 설득하고 넘어서야 할 메시지이기 때문입니다.

우리가 주목해야 할 것은 대부분의 웹소설 관련 전공이 4년제 대학이나 예술 대학이 아니라 산업 대학에 개설되었단 사실입니다. 산업 대학 학생들은 교육 과정을 통해 웹소설 작가라는 직업으로 이 사회에서 어떻게 살아갈 수 있는지 인생을 설계합니다. 이들에게 필요한 건 기술을 익히는 일 이상으로, 변화하는 사회상을 끊임없이 따라갈 수 있도록 코어 근육을 단련하는 일입니다. 그러니 대학 내 웹소설 교육자는 학문만을 전달하고 교육하는 것이 아니라, 학생들에게 살아 있는 교육이 무엇이고, 그것이 시대와 시장과 어떻게 엮여 있는지 끊임없이 증명할 필요가 있습니다. 즉, 웹소설이 무엇인지를 체험하고 시장에 발을 얹는 일은 교육을 위한 최소한의 자격증이자 면허증인 셈입니다.

이런 상황에서 웹소설 창작, 또는 '씬scene'을 정착시키려는 비평적 담론의 누적을 막은 채 학교 일에만 몰두하길 바라는 대학의 태도, 그리고 그러한 대학이 마련해놓은 제도는 이도 저도 아닌 활동으로 지쳐가는 연구자를 양산하거나, 모든 것을 대학이라는 공간이 착취하여 소진된 연구자를 만들어내는 악순환의 원천에 불과합니다.

그렇다 보니 껍데기만 남은 강사가 되지 않기 위해 살길을 모색하며 끊임없이 연구와 창작을 겸하는 연구자들을 만나면 기꺼이 고민을 나누곤 합니다. 저를 비롯한 대부분의 현장 연구자나 작가가 비슷한 고민을 나누는 것을 보면 이는 특정 학교나 구성원에 국한된 문제가 아니라, 대학에서 대중문화 콘텐츠를 가르칠 때 대학의 보수성과 진보적인 산업의 간극 사이에서 나타날 수밖에 없는 보편적 문제가 아닐까 합니다.

대학에서 웹소설을 보다 효율적으로 가르치기 위해선 근본적인 제도의 정비, 시스템의 전환, 웹소설에 대한 구성원의 혁신이 필요합니다. 대학이 보수적인 이유는 그곳의 제도와 구조가 보수적이기 때문입니다. 이러한 공간에서 웹소설 교육에 대한 담론을 키워가기 위해선 웹소설이 무엇인지, 웹소설을 가르친다는 게 어떤 의미인지에서 나아가 교육 시장의 기능과 구조에 대해 함께 모색해볼 필요가 있습니다.

전 대학에서 웹소설을 가르치는 일 자체를 비판하거나 비난하지 않습니다. 오히려 대학이라는 공간에서 젊은 학생들과 어울려 웹소설을 가르치며 생명력을 느낄 때가 많거든요. 웹소설 창작을 배우기 위해 대학이라는 공간까지 찾아왔다면, 앞서 말했던 인터넷에서의 부정적인 평가나 우려를 극복한 학생들일 테니까요. 다음 꼭지에선 그 학생들에 대한 이야기를 해보려 합니다.

전독시 키드를
기다리며

한국에서 장르문학을 가르치다 보면 일정한 주기로 이런 사람을 마주합니다. "지금 한국의 장르문학 시장은 엉망이죠. 외국 작품에 비해 작품성은 떨어지고, 문장도 형편없고 주제 의식은 썩어빠졌으며 오로지 돈을 벌기 위해 상업적 소스를 버무린 코드와 클리셰를 추구할 뿐이잖아요. 저는 그런 것에서 벗어나 진정한 장르문학을 완성하겠어요!" 그들은 문학상이나 작품상을 받은 명작을 언급하며 유통 중인 수많은 인기작을 폄하하지요. 독자와 작가를 비롯해 이 씬에 대한 존중이 없는 그들을 보면 화가 나고 허탈하다 결국 무심해지곤 합니다.

이는 저 혼자만의 이야기가 아닙니다. 교육 현장이나 실무 현장의 수많은 사람을 만나 이야기를 나누다 보면 다양한 무용담을 듣게 됩니다. 2000년대 도서대여점에서 판타지 소설이 유행할 때는 『반지의 제왕』 같은 소설을 쓰겠다는 사람들이, 2010년대엔 일본의 좋은 라이트노벨과 같은 소설을 쓰겠다는 사람들이, 2010년대 후반에는 2000년대에 위대한 족적을 남긴 작가들, 이를테면 이영도나 전민희와 같은 작품을 쓰겠다는 사람들이 나타나며 현재 유통되는 작품을 무시했죠. 그리고 2023년 현재, 현장과 교육계에 있는 사람들이 가장 많이 만나는 이들은 「전지적 독자 시점」과 같은 거대 서사를 쓰겠다는 포부를 밝히는, 소위 '전독시 키드'가 아닐까 싶습니다.

「전지적 독자 시점」은 웹소설 영역에서 전무후무한 작품입니다. 이것은 판매량이나 수익에 한정된 이야기가 아닙니다. 웹소설에 대한 인식을 바꿨음은 물론, 막 완결된 웹소설이 석사 학위 논문이나 학계 소논문에서도 가치 있게 다뤄지며, 웹소설을 한번도 읽지 않은 사람조차 웹소설을 읽게 만드는 중요한 유인책으로 작동했습니다. 그러나 교육자 입장에서 이러한 작품은 경계할 수밖에 없습니다. 「전지적 독자 시점」이 보여준 거대한 서사와 주제 의식, 미학적 가치는 아마추어 작가가 쉽사리 흉내 낼 수 없거든요. 해당 작품은 웹소설뿐만 아니라 장르문학에 대해서, 나아가 예술에 대해서 오랫동안 좋아하고 고민해야 만들 수 있는 걸작이기 때문입니다.

아마추어 작가는 자기 작품이 시장에서 검증되기 전까지 자신이 천재라는 상상을 합니다. 작품이 공전의 히트를 치고, 수많은 조회수가 누적된 끝에 재벌이 되는 상상을 하지요. "인기 웹소설은 지름작으로 소재만 좋으면 필력이 부족해도 대충 유통되는 거다. 나는 언제라도 작가가 될 수 있다"와 같은 말을 웹소설 관련 커뮤니티나 댓글 등에서 쉽게 마주합니다. 이런 말을 하는 사람은 돈을 버는 것을 넘어 많은 독자가 자신의 소설을 읽고 감동하고, 인생의 위안을 얻고, 자신이 만든 캐릭터와 세계를 사랑해줄 거라고 믿는 경우가 많습니다. 하지만 그들이 꿈꾸는 결과를 만들어내기 위해선 많은 노력을 기울여야만 합니다. 아무 노력도 없이, 아무 실력도 없이 타인에게 오롯한 사랑을 받을 수는 없으니까요.

그렇다 보니 교육자들은 학생이 「전지적 독자 시점」 같은 작품을 쓰겠다며 처음부터 거대한 설정을 한다거나, 거대한 설정을 토대로 쓴 소설을 갖고 오면 난색을 표할 수밖에 없습니다. 교육자들과 만나 이야기를 들어보면 다음처럼 이야기한다고 합니다. "「전지적 독자 시점」은 분명 좋은 작품이지요. 그리고 우리가 마지막에 도달할 정답 같은 작품이기도 합니다. 하지만 새로운 설정과 세계, 작가의 주제 의식을 무작정 전달하지 않았습니다. 많은 클리셰와 문법, 구조를 통해 장르를 좋아하는 독자가 이야기를 쉽게 받아들일 수 있도록 재미있는 이야기를 만드는 것에서부터 시작했거든요. 그러니 당신이 새로운 이야기를 쓰기 위해, 「전지적 독자 시점」 같은 작품을 쓰기 위해 오리지널리티를 고민하는 것만큼, 지금 유행하고 유통되는 작품과 클리셰, 코드에 대해 이해하고 쓸 줄 아는 것도 중요하지 않을까요?" 이것은 제가 학생들에게 하던 답변과도 다르지 않았습니다.

그런데 2022년에 접어들면서부터 생각이 변하기 시작했습니다. 새로운 작품이 부상하고, 새로운 명작이 호명되면서 판도가 바뀌는 걸 느꼈거든요. 어쩌면 향후 웹소설 창작자는 지금 웹소설을 소비하는 독자가 아니라 다음 세대의 독자, 전독시 키드를 향해 걸어가고 있는 것일지 모릅니다.

버클리 음대를 졸업한 친구가 있습니다. 지금은 게임 스트리밍 방송을 하는데, 하루는 이런 이야기를 하더라고요. "저는 존 메이어를 좋아해서 그의 기타 주법과 창법을 한참 따라 했어요. 그 당시 한국에선 그런 시도가 많이 없었거든요. 그런데 버클리 음대에 가봤더니 이미 수많은 학생이 존 메이어 키드였더라고요. 그리고 몇 년이 지나지 않아 존 메이어 키드들이 빌보드를 장악하기 시작했죠. 한국에서도 마찬가지였어요. 몇 년 사이에 수많은 신인이 존 메이어의 창법과 주법을 따라 하게 되었고, 그 노래를 사랑하는 사람들로 가득하게 되었죠."

그 친구가 이야기한 것은 한 명의 위대한 아티스트와 명작이 어떻게 콘텐츠의 시즌을 바꿔나가는지였습니다. 이 이야기는 음악에만 해당하지 않을 것입니다. 한국의 판타지 소설도 비슷한 궤적을 밟아왔습니다. 이영도의 작품을 동경하던 사람들이 그의 작품을 모방하며 수많은 작품을 창작하던 시기가 있었지요. 그리고 전민희, 홍정훈, 김철곤, 이상균, 이경영 등 수많은 작가의 작품을 모방하는 키드들이 이어졌습니다. 좋은 작가와 작품은 그를 추상하는 아마추어 작가와 작품에 열광하는 팬덤을 만들어냅니다. 웹소설이 처음 나왔을 때, 우리가 동경하던 웹소설은 「닥터 최태수」, 「나 혼자만 레벨업」, 「요리의 신」, 「환생좌」, 「솔플의 제왕」, 「황제의 외동딸」, 「나는 귀족이다」, 「루시아」 등 수많은 히트작이었지요.

그런데 2018년을 이끌었던 대표작 중 독특한 성격의 작품군이 생겨났습니다. 「전지적 독자 시점」, 「백작가의 망나니가 되었다」, 「내가 키운 S급들」, 「적국의 왕자로 사는 법」을 비롯해 최근 연재되고 있는 「문과라도 안 죄송한 이세계로 감」, 「데뷔 못 하면 죽는 병 걸림」, 「어두운 바다의 등불이 되어」와 같이 '중성향'이라고 불리는 소설들이 끊임없이 출간되었거든요. 이러한 소설들은 주인공의 성취를 통해 행복을 추구한다는 기존 판타지 소설의 문법에 덧붙여 거대한 서사 속 주제 의식을 바탕으로 타자, 나아가 세상을 사랑하는 법에 대해 이야기했습니다. 누군가를, 무언가를 사랑하는 사람들의 위대함을 이야기하고, 인류애를 이야기하고, 마침내 이 소설을 읽고 있는 내가 인정받는 듯한 경험을 하지요.

이 작품을 우리가 앞서 이야기했던 '관문'이라고 해봅시다. 어떤 사람은 세속적 욕망과 대리 만족이라는 관문으로 웹소설 시장에 들어왔겠지만, 또 다른 누군가는 웹소설이라는 지대로 통하는 새로운 시대의 관문으로 들어온 셈입니다. 이들은 자신이 지나온 궤적, 그 관문을 통과한 경험을 소중하게 간직한 채 유사한 작품을 찾아다니겠지요. 기존의 관문이 탄탄한 만큼 욕망과 대리 만족, 고구마와 사이다, 성공과 성취라는 주제는 굳건하겠지만, 그 바깥에선 새로운 중심으로서 전독시 키드가 존재감을 드러낼 것입니다.

유명한 서브컬처 학술서 중 『동물화하는 포스트모던』(문학동네, 2007)이 있습니다. 오타쿠가 무엇이고, 오타쿠의 소비 형태는 어떤 식으로 구성되었는지를 분석한 책이지요. 그 책에서 저자 아즈마 히로키는 오타쿠를 연구하고 주목하게 된 계기를 설명합니다. 그가 오타쿠에 주목한 건 새로운 문화 현상이라서,

이해 불가능한 존재라서가 아닙니다. 자신을 오타쿠라고 천명한 사람들이 이제는 10~20대가 아니라 30~50대가 되었기 때문입니다. 그들은 사회에서 가장 생산력 있고 적극적으로 문화상품을 소비하는 사람들이며, 나아가 일본의 경제를 움직이는 축이 되었기 때문이지요.

과거 웹소설 시장에선 작품이 빠르게 생산·소비되는 만큼 한 작품에 오래도록 남는 팬과 팬덤은 시장 가치나 규모에 대한 기여도가 낮았습니다. 작가를 수호하고, 작가와 소통하며, 신작을 연재할 때 기본적인 판매량을 보장하고 작가의 평균 수익을 올려주는 존재라고 여기는 경우가 많았지요. 그러나 지금은 수많은 팬덤이 생산력 있게 작품 세계와 외연을 넓혀가며 적극적으로 작품을 해석하고 작품의 의미망을 다층화합니다. 이제는 웹소설의 대사, 장면, 캐릭터의 가치관 등을 내면화하여 자신의 삶을 다져나가는 사람들도 있을 정도니까요. 웹소설이 다양한 IP 콘텐츠로 전환되기 시작하며 웹소설 세계가 지닌 의미도 커졌습니다. 이제는 주인공의 소소한 성공 서사만을 즐기는 것이 아니라, 개별 작품에 구현된 세계와 그 세계가 추구하는 문법, 구조, 시스템을 사랑하고 그 안에서 뛰어노는 독자가 생겨나고 있습니다.

그러니 우리는 미래의 웹소설을 준비하며 전독시 키드가 올

것에 대비해야겠지요. 이제 「전지적 독자 시점」 같은 작품을 쓰고 싶다며 다가오는 학생들에게 앞서 말한 방식의 조언을 건조하게 반복하진 않을 것 같습니다. 물론 앞서 했던 조언이 틀렸다는 건 아닙니다. 그 마음은 여전하거든요. 대신, 그들에게 먼저 이렇게 물어볼 것 같습니다. 그래서 당신은 무엇을 사랑한다고 소설에 쓰고 싶은지 말이지요.

웹소설은 성공과 욕망에 대해 끊임없이 이야기하며, 자본 친화적 소설이란 편견과 맞서 싸우고 있습니다. 그런 웹소설의 미래가 사랑에 있다는 건, 다른 무엇보다 낭만적인 이야기가 아닐까요.

장르에도
세대 차이가 있다

가장 즐겁게 읽은 장르문학은 무엇인가요? 가장 재밌는 장르 콘텐츠는 무엇인가요? 답으로 최근 OTT 플랫폼으로 넘어온 '마블 시네마틱 유니버스' 시리즈를 이야기할 수도 있고, 〈설록〉 같은 추리 드라마나 그 원작 소설을 이야기할 수도 있겠습니다. 영화관에서 큰 충격을 주었던 〈반지의 제왕〉이나 〈해리 포터〉 시리즈, 또는 〈헝거 게임〉 같은 콘텐츠를 이야기하는 분도 있겠지요. 그 윗세대는 다른 경험을 이야기할 것입니다.

이런 경험이 장르로만 나뉘는 것은 아닙니다. 한 장르 안에서 다양한 세대 구분이 이루어지기도 하지요. 예를 들어 어떤 K-POP을 좋아하느냐고 질문하면 H.O.T.의 팬이었거나 동방

신기를 좋아한 사람도 있고, 빅뱅이나 샤이니, 소녀시대나 원더 걸스 등을 떠올리는 사람도 있겠지요. 요즘 아이돌 그룹의 계보를 줄줄 꿰는 사람도 많을 것입니다.

장르 역시 마찬가지입니다. 로맨스, 판타지, SF 등 다양한 장르의 작품은 개별의 미시사를 만들고 있습니다. 그런데 이러한 미시사가 시대 흐름과 맞물려 격동적으로 움직이는 장르가 있습니다. 바로 무협입니다. 무협은 사마천의 『사기』에 기록된 「자객열전」부터 『삼국지』나 『수호지』 같은 작품을 거쳐 끊임없이 창작·소비되었으니 그 역사가 수천 년에 달하는 장르입니다. 무협은 오랜 역사만큼이나 콘텐츠 시장에서 가장 활발하게, 다양한 방식으로 전환된 장르이기도 합니다. 이 책을 읽고 있는 여러분의 무협에 대한 추억도 다양하리라 생각합니다. 누군가는 만화방에서 보았던 무협지로 무협을 처음 접했을 수도 있고, 또 누군가는 홍콩 영화로 대표하는 무협 영화를 보고 무협 장르를 알게 되었을지도 모릅니다.

제가 갑자기 웹소설 독자, 전독시 키드를 이야기하다가 무협 장르로 주제를 옮긴 이유가 있습니다. 장르 독자, 나아가 웹소설 독자가 웹소설을 독해하는 방식에 대해 이야기하기 위해서입니다. 질문입니다. 여러분에게 가장 익숙한 액션 배우는 누구인가요? 이런 질문에 어떤 캐릭터나 시리즈를 이야기하느냐에 따라 세대가 나뉘곤 합니다. 〈엽문〉 시리즈와 그 캐릭터로 유명한 견자단을 떠올리는 사람부터 〈황비홍〉 시리즈의 이연걸, 〈취권〉이나 〈러쉬 아워〉 시리즈의 성룡, 더 위로 올라가면 홍금보나 이소룡 등을 이야기하는 사람도 있겠지요.

하루는 대학 강연 중 학생들에게 대표적인 무협 배우나 액션 배우가 누구냐는 질문을 해보았습니다. 그들의 대답은 더 이상 중국 배우가 아니었습니다. 마동석처럼 원초적인 액션과 신체 능력을 자랑하는 한국 배우가 나오는가 하면, 할리우드 영화배우의 이름이 거론되기도 했습니다. 대부분은 마블 시네마틱 유니버스 세계관 속 히어로를 연기했던 배우들이었습니다. 그 이유는 액션 영화나 무협 영화를 제대로 관람한 적 없는 사람이 많았기 때문입니다. 성룡 영화나 액션 영화를 보지 않은 건 아니지만, 그 안의 문화나 대화 등은 거의 이해하지 못하고 액션 장면만 유튜브 클립 등을 통해 제한적으로 접한 게 전부였지요.

홍콩 영화에서 발전한 액션 기법과 문법, 다양한 시퀀스는 지금도 다양한 액션 영화가 오마주를 하고, 영상 문법에도 직간접적인 영향을 미친다고 할 수 있습니다. 하지만 그것은 어디까지나 그 안의 문법일 뿐, 그 문법이 구현된 영화를 '서구 무협'이나 '무협'과 같은 이름으로 부를 수는 없을 것입니다. 무협은 한국에서 소비되는 그 어떤 장르보다 중국 문화를 총체적으로 다루는, 한족의 문화를 집약적으로 다루는 장르의 이름이기 때문입니다. 무협은 대부분의 판타지 소설이 그러하듯 가상의 세계를 만들어 그 시공간에서 이야기를 전개하는 것이 아니라, 실존했던 세계에 환상성을 덧씌우는 시스템과 그 결과를 통틀어 일컫습니다. 무협이라는 장르의 이름과 무협적인 코드는 다릅니다. 현대 웹소설에서도 '천마'나 '12성', '천무지체'나 '무공비급' 등 다양한 소재가 혼용되긴 하지만, 이것은 무협이라는 장르가 아니라 코드에 불과하지요. 이 시대에 시적 감수성은 넘쳐나지만 '시詩'라는 장르는 서서히 고급화되어 시장이 줄어드는 것과 비슷합니다.

이처럼 장르와 장르적인 것을 구분한다고 할 때, 대학에서 이제 막 웹소설을 배우기 시작한 학생과 오랫동안 장르를 즐겨왔던 사람, 그 경험을 바탕으로 장르를 교육하는 사람 사이엔 장르 세대 격차가 존재할 수밖에 없습니다. 그리고 이러한 장르의 세대 격차 원인은 유소년기의 장르 체험에 큰 영향을 받고요. 장르를 데이터베이스이자 계보학으로 이해한다면 '어떤 콘텐츠를 주력으로 소비했고 즐겼느냐'는 장르를 이해하는 근간이 서로 다르다는 것을 뜻하니, 교육자와 교육생 간의 체험 세대 분리는 장르에 대해 소통할 때 높은 장벽이 될 수밖에 없습니다.

'여는 글'에서 웹소설은 더 이상 서브컬처의 영역으로 볼 수 없다고 이야기했습니다. 시장 규모가 크다는 이유 때문만은 아닙니다. 장르가 서브컬처인 것과 장르를 체험하는 방식이 서브컬처의 컬트적인 것은 다른 이야기이기 때문입니다. 이를테면 콘텐츠를 구매할 시장조차도 많지 않아 해적판을 찾아 용산이나 세운상가를 돌아다니면서 해외의 불법 번역판을 소비하던 사람들과 '스팀', '네이버', '카카오' 등 다양한 콘텐츠 플랫폼에서 원본을 손쉽게 소비할 수 있는 사람들은 다를 수밖에 없거든요. 그 안에서 소비된 장르는 예나 지금이나 큰 차이가 없음에도 불구하고요.

 현재 웹소설 교육 시장, 그중에서도 대학 교육 시장에서 활동하는 사람은 대부분 장르와 장르적 체험을 서브컬처 영역에서 즐겼습니다. 도서대여점 시장이 웹소설 플랫폼으로 바뀔 것을 예상한 사람은 없었습니다. 오히려 도서대여점의 몰락을 실시간으로 바라보고, 장르문학 작가들이 근근이 버티는 모습을 체험했거나, 그 삶을 살아온 사람이 대부분입니다. 그들에게는 '오, 내가 좋아하던 분야의 시장이 커져서 그들도 먹고살 수 있는 시대가 되었네. 세상 많이 바뀌었어'라는 회고가 어울리지, '어라? 웹소설이 돈이 되네. 그럼 나도 웹소설을 즐겨보고, 논문 몇 편 쓴 후에 가르쳐볼까?'라는 회고는 어울리지 않는 셈이지요.

이는 대학교의 교육 시스템이 현재 사회에서 악명이 자자한 대학원의 정규 커리큘럼을 밟은 사람들에게만 가르칠 자격을 부여하기 때문입니다. 특히 강사법이 생긴 후, 대학에서 시간 강의라도 하기 위해선 석박사 학위가 있거나 전문 현장에서 고용보험에 가입한 채 3년 이상의 경력을 쌓아야만 하지요. 개인 사업자이자 프리랜서로 글을 써온 작가 중 작가로서의 경력이 3년 이상이며 이를 고용보험으로 증명할 수 있는 사람은 드물 것입니다. 또한 해당 영역의 논문을 저술하기 위해 박사 학위 수료까지 최소 4년 이상을 대학원에 머물러 있는 사람도 드물고요. 그렇다 보니 지금 교육 현장에 나와 있는 사람과 대학에 막 입학한 사람 사이에는 적어도 5~10년에 가까운 간극이 생기게 되는 것입니다.

10년 전을 떠올려봅시다. 2012년은 인터넷의 구독·결제 시스템이 갖춰지면서 우리가 웹소설이라 부르는 문화의 전신이 피어오르긴 했으나 그 시작은 미미했습니다. 장르문학은 서브컬처 영역에 머물러 있었고, 라이트노벨은 활발하게 발행되었으며, 도서대여점 규모가 줄어들어 장르 작가들이 창작에만 집중하고 돈을 모으기 위해 중동이나 동남아로 넘어가 작업실을 차리고 있단 소문이 돌 때였습니다. 이런 관점에서 생각해보면 창작자에게 장르문학을 쓴다는 행위는 서브컬처적인 무언가였을 겁니다.

관점을 창작자나 공급자에서 독자 중심으로 옮겨봅시다. 당시에는 장르가 좋아서 이것저것 닥치는 대로 읽고, 도서대여점을 통해 다양한 작품을 폭넓게 읽을 수 있었기에 도서대여점에 있는 장르소설을 거의 다 읽었다고 자신하는 사람들이 종종 나타났습니다. 저도 그 당시 두 군데의 대여점에서 각각 수천 권을 대여해 약 1만 권 정도를 읽었습니다. 각 도서대여점의 이용 순위 2위, 3위를 차지했지요.

내가 속한 영역의 작품을 다 읽을 수 있다는 건, 내가 속한 영역의 작품과 문화가 협소하다는 뜻이기도 합니다. 심지어 이러한 작품을 소비할 수 있는 공간 역시 도서대여점 정도로 국한되어 있었지요. 그 말인즉, 독자의 체험도 서브컬처의 영역일 수밖에 없었습니다. 한 달 평균 1만 종 이상의 소설이 업데이트되는 현대사회에선 이런 체험이 불가능하거든요. 2012년이 그러했으니 그 윗세대는 폭이 더욱 좁았겠지요. 특정 시대에 나온 소설을 다 읽는 일은 한두 달이면 충분했을 정도였으니까요. 그런데 이런 경험을 지금 웹소설을 막 배우는 학생들이 할 수 있을까요? 판타지, 무협, 로맨스를 이런 방식과 틀로 가르칠 수 있을까요?

장르를 가르치는 사람들은 오래된 장르와 장르의 틀과 구조를 가르치는 방법론에 대해 고민을 거듭할 수밖에 없습니다. "판타지라는 장르가 있다"라며 용과 마법이 존재하고, 기사가 말과 함께 대륙을 질주하며, 그 안에서 영웅이 모험을 떠나는 이야기의 총체만을 말하는 것은 점차 어려워지고 현대의 작품을 설명할 수 없게 될 것입니다. 무협같이 체험의 폭이 줄어드는 작품은 더욱 그러하겠지요.

최근 무협 작품의 유행과 무협이라는 장르적 문법 사이에서 재미있는 현상이 벌어졌습니다. '네이버'에서 연재되는 비가의 「화산귀환」은 웹소설 시장에서 기록적인 매출을 기록하고 있습니다. 젊은 세대들은 무협을 잘 읽지 않고 무협 시장은 죽었다는 말도 이제는 소용없는 것이지요. 하루는 소셜미디어에서 재미있는 글을 보았습니다. 로맨스판타지만 읽던 사람이 「화산귀환」을 읽기 위해 무림 용어를 로맨스판타지 용어로 모두 번역한 것입니다. '구파일방'은 '기사단' 같은 거고, '소림'은 '신성제국' 같은 느낌, '천마'는 '마왕'이고 '천마신교'는 '사이비 종교'라고 번역해두었더라고요. 이건 지금 세대들이 무협을 '무협'이라는 장르의 계보가 아니라 자신들이 읽어온 '로맨스판타지'라는 장르의 계보 속에서 새롭게 이해하는 방식입니다. 이렇게 그들이 이해한 무협은 일반적인 무협이라는 장르가 아니라 '화산귀환'이라는 새로운 형태의 장르인 셈이고, 변용된 '무협-로맨스

판타지'라는 장르라고 보아야 하겠지요.

물론 이것은 「화산귀환」이란 작품이 무협이 아니란 소리가 아닙니다. 「화산귀환」은 무협의 맥락에서 만들어진 훌륭한 작품이지요. 중심은 작품에서 구현된 장르와 장르적 요소가 아니라 소비자들이 그것을 어떤 식으로 장르라고 여기는가, 그렇게 구현된 장르는 어떤 맥락을 만들어나갈 것인가에 대한 이야기니까요.

시대가 지날수록 이러한 장르 세대 격차는 더욱 커질 것이며, 「화산귀환」 같은 이질적 케이스도 계속 생겨날 것입니다. 위대한 작품은 새로운 독자를 웹소설로 끌어들이고 장르 간의 경계를 넘나들기도 하지만, 독자들의 관심을 개별 작품이 아니라 상위에 존재하는 장르 개념과 틀로 끌어올리는 건 개별 작품을 소비하게 하는 것보다 훨씬 어려운 일입니다. 이런 상황이다 보니 파편적으로 독서한 작가는 장르가 아니라 장르적인 것, 즉 분해된 코드만을 차용해 기묘한 혼합물을 생산할 가능성이 높습니다. 이런 상황이 가속화된다면 우리가 알던 거대한 장르의 구조는 사라지고, 「화산귀환」이라는 이름의 장르가 널리 퍼질지도 모릅니다. 이런 상황에서 우리는 고전적인 구조를 가르침과 동시에 무협과 고전적인 장르의 구분이 어렵다는 것을 인정하고 이것이 지금 시대에 어떻게 해체될 수 있고, 다시 사용될 수 있는지를 고민해봐야 할 것입니다.

처음으로 돌아가보지요. 제가 판타지를 처음 읽은 건 25년이 지난 과거의 일입니다. 저는 꾸준히 창작과 교육을 이어나갈 예정입니다. 아직은 동시대의 작품을 함께 읽어가며 현대의 독자들이 왜, 어떻게 웹소설을 좋아하는지 이해하고 소통할 수 있지만, 어느 순간 이러한 것들이 턱 하고 막힐 때가 오겠지요. 이 책은 그때를 대비해 지금 제가 어떤 방식으로 고민하는지 남겨놓기 위한 족적인 셈입니다. 웹소설이라는 어둠에서 길을 잃고 헤맬 저를 위해, 그리고 비슷한 고민을 하는 이들을 위해 공유합니다. 부디 이 책이 하나의 이정표로서 여러분에게 다가가길 바랍니다.

웹소설을 가르칠 때
생각해야 할 것들

이 책은 웹소설에 대한 작법서가 아닙니다.

이 책은 웹소설에 대한 학술 이론서도 아닙니다.

이 책의 마무리를 이 두 문장으로 시작하는 이유가 있습니다. 저는 웹소설과 관련된 다양한 저술 활동을 하고 있으며, 그 과정에서 부족하게나마 몇 권의 책을 써내기도 했습니다. 그중에는 동시대에 의미 있는 작품을 추천하기 위한 웹소설 큐레이션 책도 있지요.

그런데 어느 날, 웹소설 큐레이션 책을 두고 한 커뮤니티에서 논쟁이 벌어졌습니다. 인기 작가도 아닌 사람이 이런 글을 쓸 자격이 있느냐고요. 댓글 창은 불타올랐습니다. 비평적 가치와 큐레이션의 목적도 모르는 상태에서 갑자기 무슨 작법을 운운하느냐고요. 비평할 지위나 자격이 있느냐는 질문도 많았습니다. 그때 논쟁을 처음 만들어낸 당사자가 이런 이야기를 하더라고요. 어차피 아마추어 창작자들은 이런 책이 나오면 웹소설을 잘 쓰기 위한 정보를 얻기 위해서 읽을 것인데, 어려운 이야기나 늘어놓은 게 무슨 의미가 있느냐고요.

그 책은 웹소설을 잘 모르는 사람들에게 현대 웹소설이 어떤 식으로 연재되는지 소개하며 독자의 폭을 넓혀가기 위한 것이었습니다. 웹소설 시장을 벗어나 큐레이터인 저와 동료 저술가들의 비평적 작업에 의해 다양한 작품을 재맥락화하고 소개해준 책이었거든요. 그런데 굳이 그 책을 '아마추어 창작자의 관점'이라는 것에만 집중해 해석하며 쓸모를 단정적으로 이야기하는 건, 인터넷 커뮤니티에서 나타나는 폐쇄적 독해 방식 같았습니다.

하지만 다시 생각해보면 영 틀린 이야기는 아니었습니다. 최근 도서 시장엔 웹소설 작법서를 비롯해 웹소설 독서에 대한 비평서, 장르 비평서, 장르 이론서, 웹소설 소재에 대한 데이터베이스 서적 등이 넘쳐납니다. 그리고 수많은 사이트에선 이런 책이 나올 때마다 웹소설 지망생을 겨냥해 이 책이 창작에 얼마나 도움이 되는지 열성적으로 소개하곤 하지요.

이 책 역시『웹소설을 가르치고 있습니다』라는 제목 덕분에 웹소설에 대한 작법이 담겨 있으리라 생각하는 분이 많겠지요. 그렇기에 밝혀둬야겠네요. 이 책은 웹소설 작가이자 문화연구자로서 쓴 에세이입니다. 제가 다양한 공간에서 웹소설을 가르치며 얻은 수많은 고민을 나누고, 개인 연구나 분석의 성과를 소소하게 공유하는 글입니다. 저의 의견이 유일한 정답이라고 주장하는 오만한 글이 아니라, 오랫동안 거듭한 실패와 모자람을 전시하는 글에 가깝습니다. '현대 웹소설 강독' 수업의 커리큘럼 파트에선 이런 부족함이 더욱 잘 드러납니다. 제가 다룰 수 있는 장르는 한정적이며, 그 안에서도 할 수 있는 이야기와 할 수 없는 이야기가 무엇인지 계속 질문하고 답하는 일에 집중하고 있습니다. 이것은 저에게만 주어진 과제가 아닐 것이라 생각합니다. 서로 자신의 모자람을 끊임없이 이야기하다 보면 그 모자람이 채워지는 순간이 오리라 믿습니다.

혹자는 이 글을 통해 웹소설을 쓸 때 생각해야 할 몇 가지 아이디어를 얻을지도 모릅니다. 변화하는 산업 전망이나 웹소설에 대한 미학적 가치, 학문적 성과나 개요 등을 이해할 수도 있습니다. 하지만 다른 웹소설 작법서나 실용서를 읽는 것보다 뛰어나게 효율적이진 않을 것입니다.

이 책이 굉장히 개인적이고 작은 규모의 주제를 이야기하는 것으로 보일지도 모릅니다. 하지만 저는 이 글이 웹소설을 가르치는 분들과 공유할 수 있는 경험이길 바랍니다. 또한 웹소설을 배우려는 분들이라면 이런 교육 과정을 연구자이자 창작자들이 고민하고 있음을 알아주었으면 합니다. 세상과 시장의 변화에서 그들은 너 나 할 것 없이 서로 고민을 나누고 최선을 다해 노력하고 있으니까요. 그리고 웹소설이라는 현장 바깥에 있는 분들에겐 웹소설과 관련된 대중 인문학 강좌를 듣는 듯한 경험이 되길 바랍니다. 독서를 마친 여러분이 웹소설에 한 걸음 더 가까워진다면 그것으로 이 책은 소임을 다한 것입니다.

저는 아직도 웹소설이 좋습니다. 여전히 읽고, 쓰고, 연구하고 있습니다. 단독으로 웹소설 개론서를 쓰겠단 결심은 꽤 오래 전부터 했습니다만, 생각보다 긴 시간이 지나서야 여러분께 선보이게 되었습니다. 좋은 제안을 해주신 출판사와 글을 완성하기까지 지지해준 동료 연구자들, 그리고 사랑하는 가족에게 감사 인사를 드립니다.

찾아보기

웹소설을 가르치고 있습니다

2023년 3월 2일 1판 1쇄 인쇄
2023년 3월 15일 1판 1쇄 발행

지은이   이융희
펴낸이   한기호
책임편집   정안나
편 집   도은숙, 유태선, 김미향, 김현구
디자인   김경년
마케팅   윤수연
경영지원   국순근
펴낸곳   요다
　　　　출판등록 2017년 9월 5일 제2017-000238호
　　　　주소 04029 서울시 마포구 동교로 12안길 14 삼성빌딩 A동 2층
　　　　전화 02-336-5675 팩스 02-337-5347
　　　　이메일 kpm@kpm21.co.kr

ISBN 979-11-90749-54-1 03800